公元787年，唐封疆大吏马总集诸子精华，编著成《意林》一书6卷，流传至今
意林：始于公元787年，距今1200余年

花羽季
时光有你，花开羽季

 花羽季系列001

我想去你心里住一生

凌霜降 著

吉林摄影出版社
·长春·

图书在版编目（CIP）数据

我想去你心里，住一生 / 凌霜降著. -- 长春：吉林摄影出版社，2019.4
（花羽季系列；001）

ISBN 978-7-5498-3980-3

Ⅰ.①我… Ⅱ.①凌… Ⅲ.①长篇小说-中国-当代Ⅳ.①I247.5

中国版本图书馆CIP数据核字(2019)第050386号

我想去你心里，住一生
WO XIANGQU NI XIN LI,ZHU YISHENG

著　　者	凌霜降
出 版 人	孙洪军
总 策 划	安　雅　张　星
责任编辑	施　岚　胡晓路
图书统筹	凉小葵
特约编辑	杨　宁
封面摄影	李　子
书籍装帧	马骁尧
美术编辑	袁　萌
开　　本	880mm×1230mm　1/32
字　　数	240千字
印　　张	6.5
版　　次	2019年4月第1版
印　　次	2019年4月第1次印刷

出　　版	吉林摄影出版社
发　　行	吉林摄影出版社
地　　址	长春市净月高新技术产业开发区福祉大路龙腾国际大厦A座17楼 邮编：130117
网　　址	www.jlsycbs.net
电　　话	总编办：0431-81629821 发行科：0431-81629829
经　　销	全国各地新华书店
印　　刷	嘉业印刷（天津）有限公司
书　　号	ISBN 978-7-5498-3980-3　　　　定价：29.80元

版权所有侵权必究

如发现印装质量问题，请与印务部联系退换，电话：010-51908584

我想去你心里住一生

目录

001 第一章 他真以为自己是霸道总裁呀

019 第二章 经历过种种艰辛,她知道优秀的好处是什么

035 第三章 她的愿望就交给他来保管吧

053 第四章 再见,回不去的旧时光

069 第五章 那幽幽的十七岁生日

087 第六章 家的温度

我想去你心里，住一生

目录

第七章 她要更努力一点儿，她要救小墨　105

第八章 一颗糖的回忆　123

第九章 大姑的谎言　139

第十章 喂，要不要做我的"学弟"　155

第十一章 话痨属性的黏人精　171

第十二章 你是刻进我生命里的印记　187

那幽幽十五岁那年，命运这个大怪兽终于再次对她露出了笑脸。

不过呢，开头仍然有些惊悚。

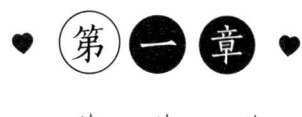

第一章

他真以为自己是霸道总裁呀

我想去你心里住一生

一

夜色开始深了，这个城市新区与旧区交界的一条不起眼的深巷里，有一家麻将馆人声鼎沸。打牌的男女、看场的大叔、卖小吃的小贩，几乎每个人的眼睛里都有因休息不足而出现的血丝，但每个人又看起来精神头十足，仿佛整个城市都沉睡了，这里的一天却刚刚开始一样，有一种有些奇怪诡异的热闹喧嚣。

十五岁的那幽幽看起来只有十一二岁，她的身高只有一米五左右，整个人瘦骨嶙峋，瘦尖的小脸使原本不算大的眼睛显得很大，眸子漆黑如墨，毫无她这个年纪的清亮与灵动，反而有点儿像一只随时准备逃跑的机警小动物。

那幽幽真的很警惕。

那幽幽的朋友林染白给他俩找了一个活儿，在外面批发两块钱一瓶的饮料，然后到这间麻将馆里能卖到五块八块甚至十块，有赢了钱的人，甚至会甩出一张五十或一百的大钞说不用找钱。天气热，她和林染白的生意都很好，转眼就卖掉了两箱。

是的，这个活儿确实不符合他们的年纪——在麻将馆里卖饮料。

梁晓湛是从正门走进来的，与许多勾着头、锁着胸跑来玩的赌客不同，他很年轻，而且身姿笔挺。

他走进来的时候，那幽幽第一个就注意到他了。

梁晓湛身高有一米八几，身上穿着一件不是很合身的灰蓝色T恤，像是特意把自己穿丑了一样。别人可能看不出来，但那幽幽这几年眼神愈加尖锐了，所以她总觉得梁晓湛那英朗的五官都散发着一种与这里格格不入的气质。

这间屋子里还有两个包间，趁着梁晓湛走进里间的瞬间，那幽幽向林染白使了个眼色，示意她可能不太对劲。只见林染白恰好以同样的眼神示意她看另一名男子。

第一章 他真以为自己是霸道总裁呀

那名男子也很年轻,细皮嫩肉的,正在与老板娘笑嘻嘻地说话。

有了警惕,那幽幽极有默契地与林染白退到卫生间旁边的小门边,两个人交换了一个"里面气氛诡异今天收工"的眼神,打算立即撤。她们刚刚钻出小门,就听到大门那边传来了一声中气十足的"警察临检!请配合调查"。

那幽幽还没来得及和林染白说句什么,便听到了梁晓湛的声音:"厕所边有个小门,我去看着。"他的这句话点着了那幽幽和林染白的腿部神经,两个少女交换了一个"分开跑,老地方见"的眼神,像两只受惊的兔子一样弹进了夜色里。

梁晓湛与陆之杉,就是之前被林染白一直注意的那个俊秀的男子,也默契地交换了一个眼神,立马追了出去。

那幽幽和林染白跑出巷口的时候,林染白不小心撞到了垃圾桶,正在觅食的一只野狗忽然蹿了出来,对着林染白张口就咬。

那幽幽反应快些,伸手推了林染白一把,那狗转头便咬在了她的小手臂上。钻心的疼痛瞬间让那幽幽觉得自己整条手臂都要废了,但这会儿也顾不得叫痛,只想着后面有警察在追必须快跑,她用没受伤的手把包里没卖出去的几瓶饮料掏出去砸那狗,林染白也拿出饮料朝狗砸过去,这时,巷子尽头已经出现了梁晓湛的身影,那幽幽与林染白也顾不得打狗了,再次超有默契地分开向街道的两头开跑。

那幽幽跑得很快。"跑"是她这几年在姑姑家练到的技能,姑姑、姑父、表哥,这一家三口个个都是暴脾气,都是一言不合就打人的主儿,不管是短跑还是长跑,对她来说都是家常便饭了。

但这次,那幽幽没能跑过梁晓湛。

二

那幽幽终于跑不动了,捂着还往外渗血的手臂喘着粗气向梁晓湛做投降状的时候,被她带着一口气跑了两三公里的梁晓湛"扑哧"一声笑了:"你这小朋友还挺能跑。"

路灯下,个子高挑的梁晓湛眉眼微弯,不但毫无杀伤力,反而让那幽幽意外地感觉到一丝丝安心。

那时候的那幽幽,在梁晓湛的眼里,真跟一个幼儿园小朋友差不多。做基层警察快一年了,这种被不负责任的父母忽略的小朋友他也算见过不少,所以对那幽幽也谈不上十分反感,反而觉得这么丁点儿大的小朋友就要跑到那种场所去卖饮料赚钱,半大孩子挺遭罪的。

那幽幽没吭声。她晚饭就喝了一瓶饮料,这会儿实在是跑得连说话的劲儿都没了。而且,她也不敢肯定梁晓湛是否真的就像他表现出来的这样安全无害。

"走吧,到警局录个笔录。"梁晓湛看那幽幽那双黑而幽深的眼睛,看到了小动物一般的防备,于是他尽量把语气放缓。但尽管如此,身为一个十七岁就考进警校严格训练过的警察,他的温柔并不明显,听在那幽幽的耳里,仍是一场灾难的前奏。

那幽幽还是乖乖地跟着梁晓湛走了,手臂有伤,她也跑不动了,去警局就去警局,爱咋咋地吧。

梁晓湛看着这个垂头丧气地走在自己前面的小姑娘,心莫名地又软了几分:"你只要不再跑,我就不给你戴手铐。"其实像她这样的女孩,大约也是生活不易才会在那样的地方卖饮料,他说戴手铐只是吓一吓她——因为她也太能跑了。

"那我也得跑得动呀,叔叔。你车停在哪里呀?这么远。"那幽幽毫不感激,反而出语抱怨。梁晓湛心里不禁一凛:"你经常被抓去警局吗?"

"第一次。"那幽幽很诚实。倒霉,好不容易今天生意不错,居然被抓了,想到这个,她又来了劲儿,"叔叔,我只是去那里卖饮料,并没有赌钱。可不可以不要把我的钱没收?"

"原则上，在那里出现的财物都属于赃款。"梁晓湛皱眉：这女孩年纪这么小就这么爱钱吗？

那幽幽不再问了，但在心里腹诽了多次。

那幽幽的笔录，是梁晓湛亲自做的。他特意叮嘱了同事先处理其他人，把小姑娘留到最后他来问。

那幽幽坐到梁晓湛面前的时候，已经是零点三十分了。她刚刚又被拉去清理了伤口，打了狂犬疫苗，此刻她又饿又累又困，却也只好强打精神忍着。

"名字。"梁晓湛问得很简短。

"那幽幽。那么困的那，幽默的幽。"那幽幽也十分配合。

"年龄。"

"二十。"那幽幽嘴里迸出这个数字的时候，自己都笑了，她长这么点个儿，说二十谁信呀，除非是侏儒症。

梁晓湛明显也不信，他停下笔，一双眼星辰般明亮地看着那幽幽，那幽幽摊摊手，换了个数字："十八。"

梁晓湛挑眉，仍然不信。

明亮的灯光下，那幽幽被他盯得无处可躲，只好说了实话："十五岁，快十六岁。"

虽然她看起来仍然不像是已经快十六岁的样子，但梁晓湛知道她没有说谎。

"父母名字、电话、工作单位。"梁晓湛打定了注意，一会儿见到她父母的时候，一定要严肃地和他们好好谈一谈孩子的教育问题。

"那嘉浩，丁善娟。没电话，没单位。六年前车祸死了。"那幽幽说得很平静，就像是在说别人的事情。

听她说父母均车祸去世，梁晓湛心里沉了沉："监护人呢？"

"今晚你们抓进来的人里，有一个那嘉英，一个丁福怀，一个丁小帅，他们分别是我的大姑、姑父和表哥。"那幽幽说完这些的时候，小脸上忽然露出一抹似笑非笑的表情,"所以你很方便就可以找到他们了,虽然他们现在很可能连自己都顾不过来。"

梁晓湛几乎在那个瞬间就理解了那幽幽的处境与心境,无端地生出一种同病相怜的感觉来。

那幽幽看起来有很多亲人,事实上却等于没有。所以她虽然未成年,却需要自己去卖饮料赚取生活费。

办完手续后,那幽幽要自己回家,梁晓湛没允许,说道:"我必须去你家看看你说的是不是真的。"出于责任感,梁晓湛觉得自己应该去确认一下。

那幽幽无奈,只得再次坐上了梁晓湛的警车。上了车刚系好安全带,那幽幽便清晰地听到了自己肚子饿得直叫唤的声音。她看了一眼梁晓湛,无法确定他是否也听到了,只得想,但愿回到大姑家后她还能找到点儿吃的。

在路过二十四小时营业的汉堡店时,梁晓湛停了车:"吃了饭再走吧,为了抓你们,我也忙活到现在没吃饭。"其实他也清楚地听到了她肚子叫唤的声音。

那幽幽干掉了一杯可乐两个汉堡三块炸鸡腿后还盯着点餐台看,但梁晓湛怕给她撑坏了,便没再点。

那幽幽从门口破地毯下掏出钥匙开了门,很大方地让梁晓湛参观她的"家",如果乱得不成样子、每个房间都堆满了垃圾和杂物的家算家的话。

大姑生性懒散,姑父与表哥丁小帅则更胜一筹,平时也就指使着那幽幽收拾收拾,但无论那幽幽再怎么收拾,那三个人都有本事在半个小时之内让屋内恢复乱糟糟的原貌。

自小就生活在整洁舒适的家庭中,上学时又生活在纪律严明的军校的梁晓湛,虽然这大半年上班之后,在出任务时也曾见识过各色人等的杂乱居所,但像那幽幽"家"这么乱的,他还真是第一次见识。

那幽幽看着梁晓湛不易觉察地紧锁着浓眉,嘴角露出了一丝讥讽的笑:尽管他表现得像一个想要帮助她的警察,但现在的他看起来更像一个无法体谅他人处境的公子哥儿。她又怎么能指望这样的公子哥儿来理解她呢?

三

告别时,那幽幽说:"你快走吧,我明天还要早起上学呢。"梁晓湛看着她小手臂上处理过的伤口,没忘提醒了一句:"记得去诊所把剩下的针打完,钱已经付了。"

梁晓湛刚准备走的时候,犹豫了一下,从她的境况看,估计她那个朋友也没有钱去打疫苗。他拿出一千块钱,对那幽幽说道:"你那个比你跑得更快的朋友,如果她也被咬了,也让她去打针吧。那毕竟是野狗。"

那幽幽表情错愕地接过钱的时候,机械地说了声细若蚊蚋的"谢谢"。梁晓湛提起了林染白,她很是惊惶,但又有些如释重负,很庆幸林染白没有被抓住。

林染白有个弟弟林染墨,出生时体质就很差,不但经常生病,而且有先天性心脏病。

最近林染墨咳嗽得严重,如果林染白被抓住,她就没有钱带林染墨去看病了。

从那幽幽大姑家回到家,梁晓湛在沙发上坐到天色微明。他睡不着,一闭眼就是那幽幽那杂乱的家,还有她那些个还在看守所里的亲戚,快十六的女孩子那么瘦小,怕平时也没怎么吃好吧?

梁晓湛最后想,每个人都有自己的命运。她还有学可以上,不算太糟糕。

可是,她这样的情况,又能好好上学吗?

如果不能继续上学,那这小姑娘差不多算是毁了。

要不要去她上学的学校打听一下她的情况看能不能帮点儿什么？

这个念头在梁晓湛心里成了新的犹豫。

那幽幽上学的学校，是一所境况不太好的中学，无心向学的孩子占绝大部分，每天上课的时候，课堂上都是乱糟糟的，老师也管不了。那幽幽往林染墨的位子看了看，那里仍然空空如也，猜想他们姐弟俩今天都没有上学，心里盼着快点儿下课去看看。

那幽幽跑到林染白租住的房子附近的时候，正好看到林染白背着林染墨跑了出来。十七岁的林染白有一米六五了，但因为比较瘦，背着身高和体重都只比那幽幽多一点儿的林染墨还是有些吃力，那幽幽想起昨晚梁晓湛给的钱，伸手拦了一辆出租车，招呼道："上车再说，我有钱。"

林染白扶着林染墨钻进车里，那幽幽也顾不得问太多，她已经被浑身发烫高烧至昏迷的林染墨吓得高度紧张了。林染墨持续发烧咳嗽已经两周了，只是在药店买了点儿药吃，一直都没有钱去医院检查。但刚才他竟然晕倒，林染白是真的吓坏了。

出租车司机一看男孩都昏迷了，一路加速开到了附近的人民医院。

经过半个小时的治疗和检查，林染墨的检查结果出来了，是肺炎引发的肺积水，需要住院。在交完抢救与住院费用之后，那幽幽和林染白两个人身上，只剩下三块五毛钱了。

"你哪儿来的钱？"林染白终于想起来问那幽幽了。像她和那幽幽这样就快吃不上饭的穷困孤女，不太可能一下子就拿出一千块钱来。

"昨天抓住我的那个警察，他给的。原本是要给你打疫苗的。对了，昨晚你有没有被那只狗咬到？"那幽幽紧张地看着林染白的手，没发现伤痕，微微松了一口气。

"脚上咬了一下，隔着裤子，才破了点儿皮，应该没事。"林染白没在意自己身上的小伤，倒是为能替林染墨交上住院费感到庆幸，"那警察还挺好心的。"

第一章 他真以为自己是霸道总裁呀

"还行吧。我觉得他像个公子哥儿呢，昨天他看到我大姑家那个乱，脸上就差没写着'怎么会有人生活在狗窝里'这行字了。"此刻的那幽幽，充满仇富心理，对梁晓湛半是感激半是鄙视。

"你大姑家那样子，是个人都觉得像狗窝好吗……"林染白见识过那幽幽大姑家的乱状，那里和她租住的小棚屋相比，一个是垃圾场一个是天堂，"对了，昨天你是怎么出来的？"

"抓我的那个小警察保我的。我说我的监护人已经全被抓了，他好像有点儿同情心泛滥，就提出送我回家了。"那幽幽摊手，觉得自己打苦情牌这招还是挺管用的。

"估计没人去保你大姑一家吧？"林染白问这话的时候不是担心，而是庆幸那幽幽终于可以轻松生活一段时间了。

"谁会去保他们？肯定会拘留够时间才放出来。不过我不知道这几天吃什么了，家里除了垃圾什么也没有。"那幽幽说起吃的，又觉得肚子饿了。

"不怕。跟着姐，姐肯定能找着挣钱的活儿。"林染白毕竟比那幽幽大两岁，弟弟能得到治疗，她心里也轻松了不少，"咱有手有脚有脑子，还怕饿着不成？"

"说得没错！"那幽幽看到林染白表情轻松不少，也跟着笑了。要说境遇，林染白和林染墨要差很多，但林染白一直乐观坚强，和她在一起，那幽幽也跟着挨过了不少难以逾越的困境。

再一次见到梁晓湛，已经是两个多月之后了。那幽幽记得很清楚，是新学期开学的第五天。她找到一份工作，在街道上向路人发小广告，每发一张可以赚一毛钱。这价钱不低，所以，那幽幽也知道这些小广告并不合法。她像逛街一样，一边走一边发，看到单身的男子，便走上前去把印刷粗糙的卡片递过去："哥哥，我们是金融公司哦，哥哥要是缺钱的话，我们随时可以帮忙贷款哦。"

这句话那幽幽是练习过的，怎么说起来才又友善又可信，让人们不讨厌、不扔掉卡片儿,这是个技术活儿。

那些路过的人,那幽幽是不看他们的,都是言笑晏晏地微微低头把卡片递过去,然后在对方接过后说声"谢谢"转身就走。

当然,她也不是随便逮到个人就发的,比如看到穿制服的,就一定要远远躲开。可那幽幽没想到像梁晓湛这样的小警察,平时是不用穿制服的。

梁晓湛和白悠然刚从理发店出来,刚理的小平头既不张扬又不土气,令他英朗的五官更加迷人,他身边的白悠然,一头如墨秀发,打扮得清雅动人,两个人站在一起有种如玉璧人的即视感,很是引路人侧目。

梁晓湛却被对面街上那个穿着白色T恤,戴着棒球帽的瘦小女孩吸引了目光。

几个月不见,她好像长高了一点儿。

那是那幽幽。

四

那幽幽没有发现梁晓湛,她低着头机械地说着话,机械地分发着小广告卡片,基本都不会去看行人的脸。

所以,当梁晓湛和白悠然穿过马路走到她面前时,她仍然机械地微笑着将卡片递了过去:"哥哥,我们是金融公司哦,我们可以帮忙无条件贷款哦。"

梁晓湛微微挑起浓眉,一秒钟之后,才伸出手接过了她递来的卡片,只扫了一眼,便因为上面的广告内容心里一凛:"发一张你挣多少钱?"

"一毛钱呀。"那幽幽刚回答完,脑子里忽然"叮"地响了一声,她猛然抬头,便看到了梁晓湛看似云淡风轻却让她极有压力感的脸:"呀!那个,警察叔叔,我没有做坏事!"她明明说着没有做坏事,却急速转身想拔腿就跑,她瘦小而灵活,这次她很有自信能跑开,但遗憾的是，梁晓湛比她更快，就像武侠电影里的移形换位、凌波微步一样，瞬间便挡在了她的面前，若不是她"刹车"及时，她的脸大概会直直地撞在他伸出来的手臂上！

那幽幽别的本事可能没有，但审时度势的能力还是有点儿的，她干的虽然不是什么坏事，可也不是什么合法工作。

所以，那幽幽没打算再跑，而是换了一副可怜脸："警察叔叔，你看你今天也没穿制服，我呢，也没干啥坏事，我把剩下的卡片都给你，你放我走行不行？我都饿了三天了，就指着这活儿吃饭呢。"

她虽然似长高了一些，但看起来依然是又瘦又小，梁晓湛忽然想起了她的"家"，还有她那几位看起来就不太和善的家人，心里不禁软了几分，但对她那句"饿了三天"还是不信："真饿了三天你还跑得动？"

"夸张，夸张手法嘛，我到现在连早饭都没吃。老板说要发完才能回去领钱吃饭，我给你了也算是发完了，你爱怎么处理随便你，你就放我走吧，让我回去领钱买个盒饭吃，行不？"那幽幽半是无赖，半是可怜兮兮，一张小脸瘦得只有巴掌大，更显得那双如墨的眸子灵动逼人。

"阿湛，算了。让她走吧。"一直站在梁晓湛身后看着的白悠然走过来，拍了拍梁晓湛的手臂。她穿着一件米色的上衣，配一条浅蓝色牛仔半裙，长发如墨，看起来好看又有气质，说话声音也温柔，动听得让那幽幽心生仰慕：这位姐姐真是温柔又好看，传说中的大家闺秀，应该就是她这样的吧？

听了白悠然的话，梁晓湛的眉宇微不可见地轻锁了一瞬，这个大概连他自己都不知道的动作被那幽幽捕捉到了，并且很快地判断出了对自己是否有利："姐姐，你人真好。不过叔叔如果真的觉得我犯了错，就抓我吧。反正到了派出所，关到明天应该也会管个饭。"

"你先回去。"

梁晓湛盯着那幽幽说了这四个字。那幽幽愣了一下，而白悠然则愣了大约三秒钟,才意识到梁晓湛是在对自己说话。

但白悠然没有追问,只是仍然温柔和气地"嗯"了一声,说:"那行,我先回去了。晚上再打电话吧。"

白悠然很努力地掩饰住了自己的失落感。

白悠然的父亲与梁晓湛的父亲是好友知交,两家来往甚密,白悠然和梁晓湛从小就认识了,还一起读了小学、初中、高中。她已经认识梁晓湛二十一年,喜欢他近十年,她即使没有看到他刚才皱眉的表情,也对他此刻让自己离开的决定了然于心。

梁晓湛已开口让她走,她如果不走,怕是会自讨没趣。

梁晓湛是什么样的人呢?是那种,他说了会在那儿等你,就会一天一夜都站在那儿,即使被蚊虫咬得一身都是包,即使半夜里电闪雷鸣,他也不会挪动一分的人。

那一年白悠然才十岁,梁晓湛也是。他们一起去野营,傍晚一起跑出去玩的时候,她对他说,如果到时间她还没回来,就在这里等,哪儿也不要去。他答应了。然后她玩着玩着忘记了约定,自己跑回了大本营。可梁晓湛一直没回来,大家找不到他,只得报了警,请来搜救队。第二天清晨搜救队才在他们约定的那块小岩石旁边找到梁晓湛,他被山里的蚊子咬了一身包,半夜下雨的时候还淋了雨,发烧到四十摄氏度,谁问他为什么在那儿他都不肯说。只有白悠然知道,是她让他在那儿等着自己的。

就是从那时候开始喜欢他的吧?一个早到连她自己都不相信的年纪,可是,越是长大,心里便越是笃定。

这些年来,她为什么总看不上其他的男生,比他高的有,比他帅的有,比他家世好有能力的有,比他有趣的人更多,可是,就是没有一个人是他。

到了现在,白悠然认命了。她喜欢梁晓湛,是命中注定,忽视不了,也跑不掉。

所以，当他们成年之后，两家的家长总有意无意地将他们凑在一块儿，比如今天这样，梁晓湛好不容易休假，想去打理一下因为太忙久未修剪的头发，大家都说白悠然知道一家特别好的店，让她带着梁晓湛一起去，诸如此类的小事儿，她都愉快地默认了。

其实大家的用意就是希望他俩能顺便出来吃个饭、约个会，然后顺理成章地在一起。

本来很顺利的，在他理发的时候，她玩着手机装作随意地问他要不要一起去看最近上映的电影。她专门挑了梁晓湛喜欢的电影，梁晓湛自然就答应了。然后她买好了晚上的票，打算在晚饭后去看场电影，这一天的约会也算完美。

可她又怎么会想到大街上来来往往这么多人，梁晓湛却偏偏就注意到这个女孩呢？

那幽幽眼巴巴地看着白悠然离开时的那眼神，只差没有打滚哭喊"善良的姐姐别走，好心的姐姐救我"了。

梁晓湛的心忽然就软了几分："跑什么？我又没说要抓你。"

"真的吗？"那幽幽可怜兮兮地望着梁晓湛。

梁晓湛淡淡地看了她一眼："为什么要跑？"

"我不是在发小广告吗？很多人都是接了就随地扔掉，环卫大叔大妈们很讨厌我，我是躲他们躲习惯了嘛。"那幽幽讪笑一下，一双眸子不敢离开梁晓湛的脸，怕自己错过了他的心思又被抓起来。

"走。"梁晓湛让那幽幽跟自己走。那幽幽顿时就慌了：不是说不抓她了吗？为什么还要跟着他走？

"去吃饭。"梁晓湛怕这小丫头片子再度逃跑，于是很是耐心地加了三个字作为"走"的"解释"。

不用呀，你只要放我走就行了呀。我不吃也没关系的啦！这几句话，在那幽幽的嘴唇里乱窜了一会儿，可她还是没敢说出口。算了，不就是吃饭吗？她还能怕吃饭不成？

这次梁晓湛没再带那幽幽去吃汉堡,而是就近拐进了一间路边的小餐馆,要了一盆米饭,点了一条蒸鱼、一个青椒肉丝和番茄鸡蛋汤。

那幽幽看到梁晓湛也拿起了筷子,连早饭都没吃的她也没再客气,风卷残云地吃起来。吃完一碗饭后,又添了两碗饭,最后还喝了一大碗番茄鸡蛋汤,这才打了个饱嗝放下了筷子。

"今天不是周末,为什么没去上学?"梁晓湛吃得很少,一来他不饿,二来他被眼前这饿狼一样吃饭的小姑娘给惊着了:该不会真的饿了三天了吧?

"上学期的书本费还没交,老师让我回家拿钱。"那幽幽这句话真假参半。钱她是肯定拿不到的,若是跟大姑提起,说不定还会被骂一顿,然后大姑肯定会去学校闹一场,说抚养她这个孤儿不容易,学校不应该收费什么的。

她上初中虽然不用交学费,但一些杂七杂八的学杂费、校服费什么的都是老师悄悄帮忙垫付的,如果这样家长还去学校闹事,那真的能把她去世的爸妈的脸都丢光。

"上街发小广告来赚书本费?"

"怎么可能嘛,小广告能换顿饭钱就不错了。"那幽幽的眼睛还盯着盘子里剩下的一点儿青椒肉丝,又拿起了筷子,"而且只能是十块钱的盒饭,不是这种饭馆的菜哦。"

那幽幽说这些的时候,真不是想抱怨,只是陈述事实。她断没想到,吃完饭之后,梁晓湛会说:"走吧,我送你回学校。"

五

"叔叔,你这是什么意思?"那幽幽第一次用她那双漆黑明亮的眼睛很认真地盯着梁晓湛,他的脸真年轻呀,有二十岁吗?应该有吧?没有二十岁怎么会当上警察?要不要改口叫他哥哥呢?也许把他叫年轻了

第一章 他真以为自己是霸道总裁呀

他会开心不再找自己的麻烦了："那个……要不我还是叫你哥哥吧。"

梁晓湛腹诽，这小姑娘又打什么主意呢，还想故意套近乎？

"别，就叫叔叔吧。"

"叫哥哥不好吗？显得多年轻。"叫哥哥好歹是同辈，说话也好商量嘛。

"不行。"

"为什么不行呀？"

"在你成年独立之前，我来供你上学。以后我就是你的家长，所以叫叔叔比较好。"梁晓湛回答得也很认真。仿佛这个答案在他心里悬浮已久，此刻终于有了落地的机会；又仿佛第一次见到那幽幽那晚的失眠原因终于有了答案。他做警察时间不算长，可是知人心复杂人间实苦却不是一天两天的事，他心里很明白，如果没有帮助，那幽幽这样的女孩子在那样的环境里，是不可能好好上学、安全长大的。

彼时梁晓湛二十一岁，刚从警校毕业，是一个实习小警察。那幽幽刚刚十六岁，堪堪长过了一百五十厘米，又瘦又小，像一个小学生，是一个父母双亡无依无助的倔强小女孩。

两个小时之后，那幽幽和梁晓湛站在学校教学楼的那棵全校最高最大的粉色樱花树下，正是开春时节，樱花树一树粉嫩，有蜂蝶低声地嗡嗡鸣唱，春风轻微，几瓣脆弱的樱花花瓣悠悠地落了那幽幽与梁晓湛之间的地面上，不远处的教学楼那边偶尔传来老师突然提高声线讲重点的声音，春天呀，真是一个又美丽又绝望，又绝望又充满希望的季节。

"你认真的吗？"那幽幽沉默了好一会儿，才很认真地又问了一句。

"嗯。"梁晓湛只回答了一个字，但语气不容置疑。

"你能同时供三个人上学吗？"那幽幽问这个问题的时候，嘴角带了一丝笑意，不是开心，而是嘲弄。他看起来这么年轻，又是个小警察，怎么可能有钱供三个学生？

"如果你能供我和我的两个朋友一起上学，那我就接受。否则就不

用了。"

"嗯?"梁晓湛目光灼灼地盯着这个小姑娘,难以理解她的想法,她看起来明明是想上学的样子,为何要为别人放弃机会?

但是,出于好奇,梁晓湛还是问了一下:"你的朋友都是谁?为什么要我一起供他们?"

"因为他们也是孤儿,也没有人供他们上学呀。"那幽幽回答得很简短,她在心里认定梁晓湛不会答应,所以也不打算解释太多。供三个素不相识的孩子上学,傻子才干呢。对面这位一看就不是什么人傻钱多的主儿。

一个小时之后,那幽幽呆呆地接过梁晓湛递过来的学生寝室用品,眼睛眨巴了一下又眨巴了一下,似不相信又似需要再确定一次般问梁晓湛:"你真的要同时供我们三个上学?"她情绪波动很大,连叔叔都忘记喊了。

那幽幽不敢相信这些都是真的,尽管梁晓湛刚才去帮林染白和林染墨都交上了欠下的学杂费,那些交费收据现在还在她手里拿着。

梁晓湛没有回答她的问题,而是看了一眼表,淡定自若地说着他的安排:"你们以后都住校吧,好好上学,别在外面乱跑了,我会每个月的第一周给你们送生活费过来,顺便向老师确认一下你们有没有认真学习。今天就这样吧,我先走了。"

那幽幽呆呆地看着梁晓湛虽然穿着便装却仍然笔挺的渐渐走远的背影,心里反复想着:她是不是太过分了?让梁晓湛一个小警察供三个学生上学……

六

那幽幽选择了做寄宿生,但学校管得并不严格,她偶尔还是会跑出去跟着林染白打点儿工什么的,虽然梁晓湛已经帮她交了住宿费,但是她对此并没有什么安全感，大姑当初接受父母遗产的时候还不是说得好好的，要爱护她、对她好、供她上最好的学校、抚养她成人、做她永远的依靠，结果呢，还不是变成了现在这样的局面？所以说信谁都不如信自己。

所以，当梁晓湛真的像他所说的那样来送生活费的时候，那幽幽先是愣了一下，随后又笑着对跟在梁晓湛身后的白悠然打招呼："漂亮姐姐今天比上次更好看了呢。"

她笑得很圆滑，有点儿俏皮又有点儿无赖，梁晓湛的眉宇间，又是微不可见地轻锁了一瞬，这一次，那幽幽没注意到，白悠然倒是注意到了。她不但注意到了，还明白了梁晓湛为何不快：这个小女孩惹他生气了。可他为何要生气？

"上个月除了周末，一共有十一天不在学校里住宿，你去了哪儿？"

梁晓湛也没打算和那幽幽绕圈子，他知道她不会做个乖学生，所以特意每天都抽点儿时间向老师打听她在校的表现。结果，他差点儿就没忍住提前来学校把她给抓住揍一顿：一个十六岁的小女孩，一个月一共只有二十二天住校时间，她竟然有十一晚不在宿舍，哪个家长知道后能不生气？

那个时候，梁晓湛是真把自己当那幽幽的家长了，所以质问她的时候，也是家长般的严厉语气。这种语气，在旁边的白悠然看来，却是一种危机。因为她认识的梁晓湛，从来都是早熟稳重、淡定内敛的，梁晓湛在小小年纪时就表现出了情绪不轻易外露的特质，他总能够冷静理智地解决许多同龄人无法解决的问题。他们俩从小一起长大，相处了那么多年，好像从六七岁之后，白悠然就没再见过梁晓湛发脾气的样子了。

但是此刻梁晓湛不但生气，还发脾气了。

而梁晓湛发脾气的对象，竟是一个看起来像小学生的那幽幽。这不由得让白悠然有一种莫名其妙的危机感，因为这说明梁晓湛用心了。

可……这个小女孩又瘦又小，除了那双墨色的灵动双眸之外，几乎没有任何吸引人的地方。

"我……"那幽幽自然也察觉到了梁晓湛的怒火,她只犹豫了一秒,就说出了真话,"我跟着林染白去打工,晚上就住在林染白家了。"

眼前的女孩眸子黑亮,又坦然又无畏,却又有点儿胆怯又有点儿无赖还有点儿惊讶,梁晓湛强行将心底莫名冒出来的火气压了压,努力让自己的声音听起来正常一点儿:"如若再犯,哪怕只有一次,就转到枫叶女中去。"

听到"枫叶女中"四个字,不但那幽幽,连一直淡定微笑的白悠然都猛然抬头看向了梁晓湛。

"枫叶女中!"那幽幽直接跳了起来,"叔叔是你疯了还是我疯了?"

梁晓湛没理会她的一惊一乍,他从钱包里拿出一张银行卡递给她:"密码是六个一。里面有你们三个人一个月的生活费。"

"叔叔……"

"我的话不重复第二次。"

梁晓湛转身离开之后,那幽幽愣了好一会儿,才小声地嘟囔了一句:"还不重复第二次呢,你把自己当霸道总裁呀……"

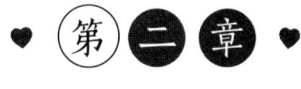

第二章

经历过种种艰辛，
她知道优秀的好处是什么

一

"阿湛,那个女孩很特别。"回程的路上,梁晓湛戴着墨镜,脸上波澜不兴,话也少得可怜。要是在以往,白悠然可能会放一首梁晓湛喜欢的音乐,然后两个人听着听着,再闲聊几句。但是今天,梁晓湛散发着一种不可接近的气场,这让白悠然心悸。不是心动,是心悸。害怕的心悸。

"小太妹。"梁晓湛终于肯说话了,但话题仍是那个女孩。白悠然心里闪过一丝无奈,但也只能接下去:"可能是父母不在没人管教,所以比较不懂事。"

"你觉得枫叶女中怎样?"梁晓湛问得很认真,却让白悠然露出苦笑,但是她仍然选择了认真回答:"校风校纪,教学条件,甚至是整个学校的素质,当然要比普通中学好很多。"那毕竟是她这样的女孩才能去的学校,虽然女生之间攀比严重,但是,教学质量自然会比普通中学的要高不少。

"她如果去枫叶女中,能行吗?"梁晓湛真的像一个家长一样考虑那幽幽转学到枫叶女中那样的贵族学校是否能够适应,所以才特意询问从枫叶女中毕业的白悠然。

"适应能力强的人,在哪儿都能适应。"白悠然终于有些不耐烦了,决定转移话题,"出国的事情,你考虑得怎样了?"

"还在考虑。"如果要出国留学,自然要放弃现在的警察职业,这是他自己坚持选择的职业,但父母、家人包括他自己都希望能够出国留学,能有更大的成就。可他也不知道自己在犹豫什么。

"我再等你半年?"白悠然半似认真半似开玩笑地问,她喜欢他很久,但从未表白过,可是最近,她感受到一丝压力。

"不用等我,你想去就去。"梁晓湛脸色平静,语气也平静,似乎讨论的不过是"午饭吃什么"这样的问题。

这令白悠然涌起了一股难以自控的失落:"你最近变了些。"

"变了吗?"梁晓湛的语气平静得似一潭死水,内心却微起了一丝波澜:确实,他刚才还对那幽幽发脾气了。

"那个小姑娘,她影响了你。"白悠然虽然未曾向梁晓湛表白,但她向来也不是矜持内向的人,直指问题的要害。

"我答应供她读书,要对她负责。"梁晓湛回答得堂而皇之,并没有觉得有什么不妥,反而察觉到了白悠然的奇怪,"你今天有什么事要说吗?"

"有。"白悠然拳头暗握心底隐忍,做了一个决定,"我想知道,你对我们之间的关系,有什么想法。"

可惜,梁晓湛只犹豫了一秒钟,甚至连一秒钟都没有犹豫,就说出了他的答案:"没有想法。"

"我的想法你可能不知道,但长辈们的想法,你不可能感觉不到。"白悠然强忍内心巨大的失落,用很平静的语气陈述自己的表白,"梁晓湛,我喜欢你很多年了。我希望能和你在一起。"

二

车里安静了好一会儿,在等红灯的间隙,梁晓湛终于转头看了白悠然一眼,他依然戴着墨镜,依然波澜不惊,只看了一眼,他便转过头去继续专注地开车:"别想太多了,就这样做朋友吧。"

白悠然没再说话,梁晓湛也是。

梁晓湛把白悠然送到家后就走了。白悠然的表白,并没让他觉得欣喜,而是一种烦恼,一种从此失去了一个朋友的烦恼。从小一起长大,他了解白悠然的矜持与坦荡,也深知她的骄傲与固执。她决定要做的事情,就会很努力去做。他怕她决定了对自己的感情后,从此难以回头。因为他从没对白悠然有过什么想法,从来没有。

随后，一条关于那幽幽的信息将梁晓湛的思绪拉了回来："梁先生你好，那幽幽同学今晚夜宿点名未到。"

这小丫头！中午刚刚警告过她，这会儿就开始蹦跶了？

心里那股火气又摁不住地冒了出来，梁晓湛拿起外套就出了门。他好歹也是个警察，还治不住一个丫头不成？

"阿湛。"刚到楼下，梁晓湛便被一个带着几分醉意的声音叫住。是白悠然，她的一头长发有些乱，却难掩清丽。白悠然坐在花坛边上向梁晓湛招手："是心电感应吗？我正要打电话给你，你就下楼来了。"白悠然似乎有些醉了，笑容多了几分温柔的媚惑。

"你喝酒了？我叫白皓然来接你。"

"我不要他来接我！"白悠然站起来，脚步已经有点儿不稳，但是言语依然清晰，"我来找的是你，为什么要他来接我？"

梁晓湛伸出一只手扶住了她，另一只手拿出电话拨打出去："喂，白悠然在我家楼下，喝多了。我有点儿事，你来接她回去吧。"

"梁晓湛！"白悠然两次伸手要抢梁晓湛的电话都没有成功，顿时借着酒意气急败坏地吼了一声，"你这个浑蛋！我喜欢你怎么了？我告诉你！不准你拒绝我！我不接受拒绝！我后天就去美国！我在那里等你！你要是不来！我就……我就……"

梁晓湛面色平静地将她扶稳后，向周围扫了一圈，想找个能让她坐下来休息的地方。当他的视线掠过对面小花园的凉亭时，眼神顿时凝住了：那幽幽，她怎么会在这儿？

已经是夜里十一点了，白悠然闹出这么大的动静，那幽幽想假装自己什么都没看到也不可能了，她干脆走了过来："嗨，叔叔好。嗨，漂亮姐姐好。"

"嗨，小姑娘是你呀。"白悠然看着那幽幽，笑了，"你怎么也在这儿呀？你也来找阿湛的吗？"

"对呀，我来找叔叔说点儿事。"那幽幽认真地回答了喝多了的白悠然。刚刚听到了她对梁晓湛的表白,不知道为什么,她觉得挺不好意思的。

"什么事?"梁晓湛看着那幽幽的眼睛,带着一点儿隐忍的怒火。

"那个,要不我下次再来吧。"那幽幽看到了梁晓湛眼睛里的怒火,却猜不透他的怒意因何而起,她又看了一眼表白失败的白悠然,以为是自己打断了他们的"好事",所以惹他不快,于是想赶紧溜。

"原地等我。"梁晓湛沉沉地说了这句之后,便半拖着白悠然走了。十分钟之后,他再次出现在那幽幽面前,似乎对她听话地等在原地还算比较满意,脸色稍稍缓和了一些:"说吧。"

夜色很深,梁晓湛高挑的身形和微沉的脸色,都让那幽幽觉得很有压迫感,她悄悄地深呼吸了一下,想起林染墨苍白的脸,还是开了口:"林染墨的心脏不好,经常会生病;林染白要出去打工没办法照顾他,所以我需要偶尔去照顾一下。我知道你都是为了我好,要不我以后还是不做寄宿生了吧。"

"你自己都顾不上,还管别人?"梁晓湛的眉宇在暖黄的路灯下显得有些疏离冷漠,"你才十六岁,成绩一团糟,饭都吃不上,你还去照顾别人?没看出来你这么有奉献精神呀。"

"不是……"梁晓湛的话很尖锐,那幽幽想反驳,却反驳不了。对于林染墨,她是有点儿同情心泛滥没错。林染墨很聪明,有过目不忘的本事,所以明明比她小三年,却能跳级和她同班,可他的身体真的很糟糕,经常一病就要住院。但是他从不曾抱怨,也表现得很乐观。而且,林染白一直以来把自己当成妹妹照顾……所以,对于那幽幽来说,林染白姐弟比起大姑一家,更像是她的家人。

"你要想帮助别人,首先自己得是个强大的人。你自己都顾不上,能帮的也有限。鉴于你今天的表现,我会遵守我中午说的话,明天我去办你转学到枫叶女中的事情。学校里有补习班,转学过去之后,我希望你不要再用现在这种装可怜耍无赖的态度,而是用一个像样的成绩来与我对话。"

梁晓湛说这些话的时候,语气不容置疑,甚至有点儿高高在上。说完之后,他看向那幽幽,期待这个小女孩的反应,又有点儿怕她反应过度。都说十五六岁是叛逆期,不知道为什么,他现在开始期待做她家长这项新"工作"了。

那幽幽咬了咬嘴唇,沉默了一小会儿,小声地说了一声:"知道了。"

她居然一句反驳的话都没有,这样乖巧倒让梁晓湛有些意外了:"你转学到枫叶女中之后,如果成绩有进步,我还是会继续供林染白姐弟上学。为方便照顾,我会让他们继续读家附近的学校。"梁晓湛的语气缓和了一些。

"好的。谢谢叔叔。"那幽幽再次乖巧地回答,这让梁晓湛有点儿不安:这小丫头,怎么转性了?

"没有什么要说的?"她的乖巧来得太突然,梁晓湛还是再问了一句。

"没有。"那幽幽似乎忽然之间就冷静下来了。一双墨眸看向梁晓湛,清澈明亮。

梁晓湛眉宇又微不可见地锁了半分,但很快就松开了:"那走吧,现在估计学校已经锁门了,我先把你送回家。"

"好的。"

之前,她听说他要供自己上学,马上就提出了过分的要求,结果梁晓湛一口就答应了,而且送钱都很准时。

她今天来,确实是想卖可怜让他心软妥协的,希望能在林染白打工时帮忙照看林染墨。她来的时候,真的觉得梁晓湛会同意的。

但在看到梁晓湛眼睛里的冷漠之后,她忽然就清醒过来了。

梁晓湛说得很现实,她现在就算能帮到林染白,也非常有限。就好比如果梁晓湛不愿意供林染白姐弟上学,即使她用自己不上学威胁,梁晓湛若不愿意妥协,她也毫无办法。梁晓湛愿意妥协,不过是因为他一时心软,并非因为她那幽幽是一个多么重要的人。

如果梁晓湛不愿意,那么那幽幽再次失学就不只是可能,而是一定。

他说得很对呀,连照顾好自己的本事都没有,怎么去帮助别人?

一路上,那幽幽很乖巧,几乎是梁晓湛问什么答什么,而且态度很认真,一点儿都不像作假。她乖巧得让梁晓湛很满意。小女生嘛,不就应该是这样吗?乖乖听家长的话,好好学习。

梁晓湛的车停在了那幽幽大姑家的巷口,他开着车灯,告诉那幽幽等她进屋他再离开。下车的时候,那幽幽似犹豫了一下,最后下了决心般回头向梁晓湛道了个歉:"叔叔,对不起,今晚打扰到你了。"她指的是白悠然酒后表白的事情,梁晓湛却不甚懂女孩的心思,以为她说的不过是她私自从学校里跑出来找自己,挥挥手说:"往后功课认真些,就当你将功补过了。"

那幽幽走后,梁晓湛看着那幽幽在那狭窄的小平房院前敲着门,她穿着宽大的衣服,显得更加瘦骨嶙峋,那小胳膊像根豆芽菜似的,梁晓湛正心疼着,那幽幽忽然不敲门了,只是使劲儿地在推门,推开一道缝儿后,她侧着身子往里面挤,挤了几下,竟然真给她挤进去了。人进去后,小胳膊还从门缝里伸出来,向车灯照着的方向摆了摆,算是道别。

梁晓湛看着那小胳膊,一时不知道是应该笑还是应该心疼。

三

梁晓湛是十七岁那年考上警校的,读了一年半,样样都很优秀,有次警方来挑卧底,他没和家里人说一声就去了。跟着小混混们在社会上混了一年多,直到警方把那些人一窝端了,他才又回到了警校。抽烟喝酒都是那一年多里学会的。虽然回警校后他把烟酒都戒了,可偶尔遇到烦心的事情,他会突然想抽一支。

梁晓湛路过烟酒店,买了一包烟,回到车里抽出一支,想了想,又放了回去。他是一个克制的人，既然戒了，还是不要再碰的好。

回到家里，手机里有条未读信息，是白皓然发来的，只有三个字："接到了。"梁晓湛没有回复，将手机扔到一边，倒在沙发上，开始想明天去给那幽幽办转学的事情。

第二天午餐时间，林染白从高中部跑到初中部陪弟弟和那幽幽吃午饭，她不肯要梁晓湛给的生活费，全部让那幽幽拿着。

那幽幽从昨晚到今天一直思来想去，心里笃定梁晓湛绝对是那种言出必行的人，所以，她把她可能要转学的事情和林染白姐弟说了。

"枫叶女中？"向来早熟，遇事多已经波澜不惊的林染白被那幽幽吓了一跳，"那个小警察，他是疯了吗？"

"他肯定是疯了呀，不然和我们非亲非故，为什么说要供我们三个上学？"那幽幽摊手，表示她也不知道那位小警察叔叔为啥这么奇怪。

"小墨，现在警察挣得很多吗？"林染白不可置信地转头询问林染墨。林染墨从小对数字有特殊的敏锐感知能力，各种数据几乎能够过目不忘，加上平日里又积累了不少常识，这种问题问他就对了。

"全国公务员月薪差别不大，警察由于行业特殊，会比普通公务员高百分之二十，月薪大约六千块。他属于实习警察，月薪大概只能拿三千五百块。我们三个人的伙食费，给了两次一共是两千四百块；我和小幽每学期学杂费一共是六百块，姐姐的学杂费是七百块，一共是一千三块；小幽寄宿费每学期八百块，这一个多月他一共为我们花了四千五百块，超过他最高月工资一千块。"一连串数据从林染墨嘴里说了出来，那幽幽听得一愣一愣的，林染白也瞪大了眼睛："小警察果然疯了呀。"

"除了是个疯子，还有可能是个突然想做善事的富二代。"林染墨刚刚开始变声，还带着一点儿孩童的稚气，但他眉目俊秀的白皙脸上是轻描淡写的表情，与比他大五岁的姐姐以及比他大两岁的那幽幽相较，他似乎更像大人一些。

警队的食堂里,梁晓湛也拿着餐盘和陆之杉坐到了一块儿:"陆学长,有件事儿拜托你。"

梁晓湛一脸认真的表情让陆之杉"扑哧"一声笑了,伸出勺子抢走了他餐盘里的一只鸡腿咬了一口后才开口:"现在可以说了。"

听梁晓湛说完之后,陆之杉放下筷子,一双俊秀的凤眼一动不动地盯着梁晓湛看了一会儿,最后伸出一只手,往他的额头上摸了摸,挑挑眉说:"没烧呀。"然后,他很是无所谓地继续吃饭。

梁晓湛把自己餐盘里的红烧肉也全给陆之杉挖了过去:"请务必帮忙。"

陆之杉看了眼肉,又看了眼梁晓湛,再次停下了筷子认真地盯着梁晓湛看:"认真的?"

"认真的。"梁晓湛没回避陆之杉的眼神,枫叶女中是真的不好进,他又不想为这点儿事回家去求父亲,所以想来想去,就想到了陆之杉。

陆之杉的曾祖父是枫叶女中的创办人之一,直到现在,陆家家主——陆之杉的爷爷仍然是枫叶女中最重要的校董之一。那幽幽已经上初三下学期了,成绩又不是特别好。所以梁晓湛想了想,就只有找陆之杉帮忙了。

"行。我周末正好回去,我给说一下。"陆之杉同意了,"但是你得让我见见那几个孩子。"

"没问题。"陆之杉比梁晓湛大一岁高一届,同校毕业,虽然因为梁晓湛曾去做卧底,两个人同窗时间并不多,但有缘分到了同一个警局,又经常一起出任务,两个人自然生出了不少兄弟情分。陆之杉的为人,梁晓湛信得过。梁晓湛的为人,陆之杉也深信不疑。

陆之杉提出要先去看看人,因为他忽然想起了几个月前逃跑的那个女孩子,身高腿长,眼神敏锐,动作敏捷,简直就是练武习警的上好料子。

傍晚六点,正是学校放学的时间。

那幽幽和林染墨从教学楼走出来和高中部的林染白碰头的时候,梁

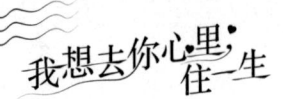

晓湛和陆之杉就在马路对面的车里坐着。

林染白急着去打工,但是从下午开始,林染墨就有些低烧,那幽幽自告奋勇地要陪林染墨去医院。林染白吩咐了几句,又把兜里所有的钱都塞给了那幽幽,这才飞快地踩着滑板走了。

看到林染白踩着滑板在人流与车流中飞速穿行而根本没有影响到别人时,陆之杉挑了挑眉道:"分头行动。"说着他打开车门,下了车,跟着林染白的路线跑了过去。

而梁晓湛此时也已经发动了车子,跟上了那幽幽和林染墨的出租车。到了医院,那幽幽把脸色极度苍白的林染墨扶到休息椅上,自己跑着去挂号、拿体温计,等待中还帮林染墨接了杯温水,看病、交钱、买药、打针,整个流程那幽幽都无比熟悉。

梁晓湛生生忍了几次,才忍住没跑过去帮她。小姑娘毕竟还是善良啊,林染墨是个孩子,她何尝不也是个孩子呢?

这时,已经看林染白穿着厚重不透气的玩偶服装在路边发传单发了大半个小时的陆之杉给梁晓湛打了电话:"枫叶女中收费高,林家姐弟俩我来供吧。"

当初梁晓湛对他说要供几个孤儿上学时,他很担心梁晓湛被骗,所以坚持要亲自来看看。在现在亲眼见到还是个高中生的林染白这么辛苦后,他决定了,他要供他们直到成年。

四

"你是说,这么大的房间,就住两个人?"那幽幽瞪大眼睛,问穿着粉红色制服,看起来像一个优雅白领的宿管老师。

"是的。这间宿舍就住你和姚卉同学两个人。为了让大家有独立空间的同时也学会集体生活,我们学校不设立单人宿舍。"宿管老师的第二句话似乎是向梁晓湛解释的,语调有点儿刻意的温柔,在心里涌出不少小心思：不知道这位家长是那幽幽同学的谁，看起来很年轻，应该不是爸爸吧，大概是哥哥或者叔叔舅舅之类的亲戚。

梁晓湛打量着眼前的宿舍，以一个男人的眼光来说，粉红色的墙面与装饰实在是太小女生了，但是枫叶女中本来就是女子中学，这也无可厚非。今天他本来在上班的，上午时接到通知说枫叶女中同意接收了，让他尽快把人送到学校。他赶紧利用中午时间把那幽幽给送过来了。原来的学校，听说有人愿意供那幽幽去读更好的学校，转学手续也办理得挺顺利。倒是到了新学校，办了一堆手续之后，还要家长陪同参观宿舍并填写什么调查表。

去女生宿舍这种事情梁晓湛还真没做过。虽然心里有点儿不好意思，但还是端着家长的架子来了。

梁晓湛认真地审视着宿舍设施和格局，没见过这么好的宿舍的那幽幽则看看这儿看看那儿，没一会儿她发现宿管老师一直在偷瞄梁晓湛，呵，长得好看就是吸引人呀。

看完宿舍后，梁晓湛也该走了。那幽幽象征性地送他到楼下，梁晓湛刚走出去两步，又突然转回头对那幽幽说："和同学相处要讲方法，别过分，也别吃亏。"从刚才宿舍里摆放的东西来看，原本住里面的应该是个性格霸道的女孩，开学已经一个多月了，那女孩大概也自己住习惯了，那幽幽忽然搬进去，对方难免可能不适应。毕竟以后要在一起住至少一个学期，梁晓湛也不想看到那幽幽住得不愉快。

"好的。"那幽幽回答得仍然很乖巧。经过这几天的仔细思量，她更确定了不要惹梁晓湛生气的决心，他要是真生气了不再供她上学那也算自己倒霉，但她真怕连累林染白姐弟又回到那种有上顿没下顿的日子，想想林染墨每次生病都要死里逃生，她是真不忍心。

"学校里有各种补习班，成绩不好，自己要用功。如果还是混日子，我就给你断粮，我说到做到，你知道的吧？"梁晓湛说这些话的时候，表情极其严肃，一时也让跟出来想要跟他告别的宿管老师害怕起来，想

跟他多说两句话的心又退缩了几分。

"明白。"那幽幽认真点头，表示自己完全理解。她认真的样子倒让梁晓湛一时又语塞了，不知道还能说什么，干脆就不再说了，他摆摆手，大步流星地离开了。

等他走远后，那幽幽换上了笑嘻嘻的脸，对看着梁晓湛的背影失神的宿管老师说："漂亮老师，我叔叔是不是特别帅？"

看到宿管老师的脸一下子红了，那幽幽心里笑了一下，有戏就好。她能不能和同学搞好关系她现在还不知道，但是和宿管老师搞好关系倒是有可能的。毕竟有个帅气的"家长"也是一种资本不是？那幽幽装作随意地问了几个住宿的规定之后，又穿插着说了几句关于"叔叔"的事情，顺便还夸了宿管老师漂亮又有气质，她就这么三下两下便把宿管老师给哄得很开心了。

枫叶女中的校纪很严格，几乎每个学习时段和生活时段都有老师管束，所以刚放好洗漱用品的那幽幽便投入到补课中去了，直到当天晚上，那幽幽才见到了她的舍友姚卉。

毛巾被扔到洗手池里，书桌上的课本掉到了地上，洗发水在垃圾桶里，如果换成不谙世事的十六岁小女生，怕是早被气哭了。可那幽幽只是笑了笑把书捡起来放好，把毛巾捡起来洗干净，从垃圾桶里把洗发水给放回了原处。

她还和有着一双细长眼睛的姚卉打了个招呼："你好，我是新转学到初三（2）班的那幽幽。以后请多关照。"

她的态度够好了吧？够团结同学友爱舍友了吧？可是，对方不但没有回应她，还生生地把她当成空气一般从她面前走了过去，并且"砰"的一声关上了卫生间的门，等她出来之后，那幽幽再进去就发现自己的毛巾又不见了。这回不是"掉"在了洗手池里，而是"掉"在了地上，就在马桶旁边，上面好像还有一个脚印。

那幽幽没那么讲究，再糟糕的环境她都住过，还怕这点儿脏吗？她烧了一壶开水，把毛巾放在开水里烫了一会儿，就继续用它洗澡洗脸。

一直不吭声的姚卉则目瞪口呆地看着那幽幽心平气和地给自己的毛巾"消毒"，然后上床后开始背英语单词。

那幽幽在枫叶女中的第一天，就是这么度过的。之后的好多天，也是这样度过的。当然，比这更糟糕的小恶作剧也有不少，但是那幽幽都一一忍了下来。这里比起大姑家，有柔软干净的床，有营养可口的三餐，有随时可以用的热水和台灯；姚卉的那点儿娇小小姐恶作剧跟大姑一家三口每天的吵吵闹闹比起来，只不过是小菜一碟，那幽幽还真没把她当一回事。

但人有时候呢，就是容易得寸进尺。姚卉看自己做了那么多欺负那幽幽的事情，她竟然非但不哭不闹，还能每天怡然自得地学习生活，她就觉得更有意思了。于是开始不断地挑战那幽幽的底线，想看看那幽幽什么时候会像其他女生一样被她给逼走。

那幽幽一步一步地退得海阔天空，姚卉就步步紧逼，这天，她终于把那幽幽给逼急了。

五

"是你干的？"那幽幽指着垃圾桶里已经被烧成灰烬的笔记本，一双幽亮的眼睛盯着正在敷面膜的姚卉，冷静的声音里带着一丝颤抖。

熟悉那幽幽的人，比如敏锐的林染白姐弟俩这种时候就知道，那幽幽是真的生气了。

那幽幽确实很生气，垃圾桶里被毁掉的笔记本，是她花了一个多月，每天只睡四五个小时才一点儿一点儿整理好的各科知识要点。

她答应过梁晓湛会用功的。用功的结果当然就是成绩进步。距离中考只有两个月了，她没有多少时间可以浪费。

之前她顾着生存无心功课，所以成绩堪忧，但现在她吃得饱睡得好，她有信心也有劲儿赶上落下的功课。她经历过种种艰辛,她知道优秀的好处是什么。

枫叶女中有高中部,但高中部也是分成绩优劣的,成绩好的班级甚至有免费留学的机会。她想靠自己的努力得到那些资源,所以,她这一个多月里,是真的每一分钟都在开发自己的潜力。

小麻烦小恶作剧虽然会让她心生不快,可她之前还真没放在眼里。

但是,谁也不能阻止她决定要走的路!书本掉在地上可以捡,笔坏了可以修,本子撕了可以换一个,但她整理好的复习笔记被她烧了!她还真以为她那幽幽是怕了她不成?

"没错。"姚卉原本就细长的眼睛隔着面膜,显得更是细利如刀:"我看着碍眼。"此时还有两个与姚卉要好的女生在宿舍里,一看这情形,顿时兴奋地站到了姚卉身后,也挑衅地看着那幽幽。

"碍眼你可以不看,丢角落里也行,为什么要烧掉?"那幽幽的声音已经平静得有点儿可怕了,一双幽黑的眸子里的光芒似水似冰,闪着危险。但姚卉这一个多月来已经认定那幽幽是个忍声吞气的小穷蛋,她又怎么会把她放在眼里:"我乐意烧。"

"你乐意。"那幽幽看向姚卉身后的那两个平时也没少针对她的女孩,"你们都听到了,她承认了。"

"那又怎样?"那两个女孩说道。

"你到底来枫叶女中要做什么?"

"听说你是个孤儿,你的监护人只是个小警察,我们一年的学费就是十万呢!你来我们学校做什么?想飞上枝头变凤凰呀?"另一个女孩说得更直白,只差没在脸上写着"我很势利,我看不起你"这行字了。

姚卉没有出声,只是那细长如刀的目光带了蔑视的笑意,似乎想看看那幽幽有什么反应。

那幽幽入学以来,尽管她比一般女孩更淡定从容,也更理智,但到底是没有见过太多世面的普通女孩,对学校里的一些设施设备都不知道怎么用,英文也非常差劲,闹过不少笑话。枫叶女中不但是双语教育,还有其他外语的选修班,这里的孩子绝大部分都是从小接受中英文教育,吃穿用度,乃至气质都要比那幽幽大方得体许多。所以,那幽幽作为野丫头、穷姑娘,很明显已经在枫叶女中出名了。

被人叫穷光蛋的事情,那幽幽当然也知道,但她不在乎,她本来就穷呀,现在过得还算好了呢,所以没什么好生气的:"就因为我穷,所以我做的笔记就要被你烧掉?"

那幽幽盯着姚卉,目光灼灼地问出了这句话。

姚卉轻蔑地笑:"对呀,怎样?"

"这样。"那幽幽平静地说出两个字,然后非常迅速地逼近她,在其他三个女孩还没明白过来的时候,她细瘦的胳膊就已经圈住了姚卉的脖子,然后很有技巧地用力,就把姚卉甩到了一边,随后,她快速而精准地拿起姚卉桌面上、床上的东西,包括手机、平板电脑、首饰,一样一样狠狠地砸在地板上。

姚卉呆了一秒钟,反应过来立刻冲了过去,那幽幽用另一只同样细瘦的手紧紧地拿着一支笔,笔尖直直地对准了姚卉的脸,尖锐的笔尖看起来就像一件武器:"不要过来,我现在很生气,我可不保证会不会做出什么事情。你刚才也看到了,我练过防身术的。你们打不过我的。"

那幽幽的手很稳,眼神坚定,语气也很冷漠,姚卉她们三个女孩平时欺负人惯了,打耳光、踩一脚什么的,可现在她们对这样不哭不闹、冷静地摔东西的那幽幽有点儿害怕,明明那只是一支笔,她们硬是没敢走过去。

"你住手!"那幽幽在砸一个水晶房子摆件的时候,姚卉大叫一声,"你敢砸,我不会放过你的!"

"哦,听说这个是你最喜欢的,那我要更用力一点儿了。"那幽幽说着,真的就更用力地砸了下去,她依旧冷静,语气甚至有些无赖,"反正我是穷光蛋，要钱没有，要命一条。你要怎么不放过我呢？"

姚卉还在嘴硬："那幽幽，你！"

那幽幽又砸了一件化妆品："你在烧掉我的笔记本时，没有想过我也会生气吗？"

"你要怎样？"姚卉用手势示意她两个被吓傻的朋友去找老师，语气中对那幽幽有点儿妥协了，"不就烧了你一个笔记本吗？我赔给你不就行了吗？多少钱？说吧。双倍赔你！"

看着那两个女孩惊慌失措地冲出门去找老师，那幽幽更冷静了："三天之内，把初中三年的复习重点赔给我，否则，我可不知道穷光蛋会做出什么事情来。"

"我会让校方开除你！"姚卉看着朋友跑出去了，心又硬了起来。那幽幽看着能砸的东西都砸得差不多了，笑嘻嘻地看着姚卉："就算开除我，我这样的穷丫头，只要还活着，也总有找到你、遇见你的机会。你说呢？"

她的愿望就交给他来保管吧

我想去你心里住一生

一

跑出去的两个女生，带着宿管老师和保安冲进宿舍的时候，那幽幽正拿着一本书躲在书桌后面，而姚卉正发了疯一样拿起随手能够拿到的东西砸她，一路上都听说那幽幽要伤害姚卉的老师和保安就蒙了：这到底是谁欺负谁？

在老师询问的时候，姚卉一直哭一直骂，而那幽幽只是低头说了一句话："我没伤害她。"

两个人都不愿意和解，校方最后没有办法，只能打电话请家长了。

梁晓湛刚接到电话的时候，眼前闪过的是那幽幽乖巧地说"明白"的样子，心不禁吊了起来，但他很快冷静下来："她真那么好欺负，能十四五岁就敢跑去麻将馆卖饮料？"

虽然这样安慰着自己，可梁晓湛一路开车去学校的时候，心还是悬着的，白悠然也曾暗示过他，女中有女中的问题，小女生之间的小矛盾多着呢。而且，上次虽然没见到那幽幽的舍友，但他从宿舍的布置上能看出来那幽幽的舍友不是个好相处的。

又是一个多月没见了，这次梁晓湛看到那幽幽的时候，愣是吓了一跳，她的皮肤白了许多，也长高了一些，似乎还长了一点儿肉。这小姑娘是植物吗？怎么看起来像是见风就长的样子？

但梁晓湛只扫了一眼那幽幽确认她没事后，便一脸严肃地向在场的老师打招呼。

姚卉的母亲也在，精致的妆容，得体的穿着，散发着雍容华贵的气质。她看了一眼穿着笔挺制服的梁晓湛，先是为他出色的外貌惊叹了一下，随即别开了目光：长得倒是不错，不过只是个小警察。小警察把孩子送来枫叶女中这种学校做什么？

那幽幽安静地站在一旁，将在场的人的心思看了个门儿清——政教主任因为梁晓湛的年轻有点儿诧异；宿管老师则因为梁晓湛的帅气微红了脸；姚太太起初也有些惊讶，但她随后是看不起梁晓湛的样子；姚卉呢，那神情，惊讶之后居然与宿管老师有点儿相似，看来，长得好看还真是一项特殊技能呀，大家光顾着看梁晓湛了，差点儿都忘了要批评教育她的正事了。

那幽幽最后把目光定在了梁晓湛脸上，努力地想揣测他的心思。可如同以往的每一次，她以为自己能通过小表情的变化来摸透梁晓湛的心思，但是她毫无头绪，一时拿不准应该在他面前装无辜，还是要表现得强悍，只能乖巧地站在那儿等他发话。

等政教主任严肃地批评了那幽幽粗鲁行为的严重性之后，梁晓湛看了一眼脸色微粉的姚卉，嘴角似有笑意地问："伤得严重吗？去医院了吗？"他的声音似乎有着刻意的温柔与磁性，姚卉白皙的脸顿时又粉了几分，令她一时紧张得说不出话来。

姚太太自是不肯让自己的宝贝女儿吃亏："那幽幽同学的家长，你这是什么意思？难道卉卉受伤才算是大事吗？"

"姚卉同学，我们家幽幽为什么会和你起冲突？你们吵架了，还是你做了什么让她失控的事情？"

梁晓湛也毫不掩饰自己护着那幽幽的意图。

"这位家长你说什么呢？小孩子之间的矛盾肯定是难免的，但动手那可是要负刑事责任的！"

姚太太对梁晓湛的好感顿时都没了，大人推卸责任，孩子自然有样学样。

"责任自然要负的。对了，主任，听说这两年每一个和姚卉同学同住的舍友都搬走或者转学了，不知道她们搬走的原因都是什么呢？我听说有一位同学的耳朵受伤，留下了后遗症？"梁晓湛没再与姚太太说话，转而认真地与政教主任讨论问题，"虽然枫叶女中是百年名校，但是，最近也有一些不好的流言。我们把孩子送来，总归是希望孩子能在一个好的环境里受到教育，主任你说是不是？"

梁晓湛的表情诚恳认真,只见政教主任和姚太太的脸几乎瞬间就换了颜色。

那幽幽没想到,看起来像个笨蛋一样的小警察梁晓湛,居然还会这些套路,她简直要为他鼓掌了。

从办公室出来的时候,那幽幽几乎都没有忍住"哇,小警察叔叔真帅气"的心情和笑容,直到走在她前面的梁晓湛忽然停住,她愉快的脚步刹车不及撞上了他坚硬的后背,她的脸触及他微凉的制服面料时,突然愣了一下神儿,才忽然抬头去看慢慢转过身来的梁晓湛,最后,她被他凛然的神色吓住了,嘴巴张了张想要问什么,却突然间失语似的,什么也问不出来了。

"都开始欺负人了,本事挺大呀。"梁晓湛盯着那幽幽,语气听起来很轻松,却令那幽幽心里一沉,她心里有个声音说:"坏了,他生气了。"

"我是一时太生气了,所以……"她试图解释,声音细碎。

那幽幽越这样,越令他火气直冒:"所以打算用武力解决问题赔上自己吗?你以为你没成年就不用负责任,是不是?"

"我……"那幽幽刚想反驳,忽然下了决心,"我不来这里上学了!"

后面半句,她提高了声音。

梁晓湛听得很清楚,他沉吟了一小会儿,声音低沉地问了一句:"你说什么?"

那幽幽也愣了一下,但她一想到一年十万元的学费,再想想面前这小警察的薪水,她咬了牙,更坚决地说:"我说,我要退学。"

"理由?"梁晓湛挤出了两个字。

"穷人不应该来这样的学校。"那幽幽也回答得很明确。

梁晓湛久久地盯着眼前这个明明没做什么,却令他很容易就怒火中烧的小姑娘,强忍了好一会儿,才把想摁住她打一顿的念头压了下去。

二

"不能退学！可以用必要手段保护自己。"梁晓湛拒绝得斩钉截铁，然后他连反驳的机会都没有给那幽幽，迈开腿径直走了。

"凶什么呀，你连我的监护人都不是好吗？"梁晓湛的背影都离开半天了，那幽幽才说了这句话。

她站在原地想了一会儿，又掉头去了办公室，她得去问一问，如果她现在退学，校方能不能把学费退了。

没一会儿，那幽幽就垂头丧气地从办公室里出来了——枫叶女中不好上，退学也不好退，一是学生和学生家长在律师的见证下陈述退学理由；二是所缴纳的学费分文不退。这哪里是什么百年名校，这简直就是霸王学校好吗？

那幽幽垂头丧气地回了教室后，梁晓湛从走廊拐角处的一根柱子后面慢慢走了出来，嘴角微微地扬起，小姑娘这是在担心他交不起这里的学费？

那幽幽确实是不好意思让梁晓湛为自己破费，他只是个小警察，哪里犯得着为她这样一个非亲非故的人花掉积蓄甚至举债？他虽然凶了点儿，但人不错……况且一年十万块钱都可以供她和林染白姐弟三个人上完大学了。

那幽幽思来想去也没想出一个好办法，幸好这个学期马上就结束了，两个月后的中考，她死活都不报枫叶高中，应该就可以了吧？再不济，她就写个血书什么的，答应他在普通高中也会好好学习，立誓考个好的大学，还不行吗？

这一天发生的事儿太多，那幽幽浑浑噩噩回到寝室的时候，把手里的课本往书桌上一放，转身便坐到了床上，但刚坐下去便痛叫一声跳了起来，站起来后屁股还是痛得厉害，她再往自己的床上看过去，密密麻麻一排苍耳刺穿床单，露出一根根尖尖的小刺！

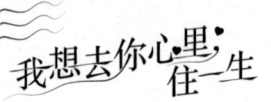

姚卉还没有回来，但是除了她，那幽幽想不出来还有谁会这样做。

在是否告状与是否给梁晓湛打电话之间，她犹豫了一会儿，最后决定不告状也不打电话，只是默默地把她床单下大部分的苍耳都原封不动地放到了姚卉的床单下，然后，她若无其事地离开宿舍去了图书馆。

姚卉哭闹着将事情告诉了老师和家长，那幽幽在老师说要打电话给梁晓湛的时候，淡淡地说了一句："那顺便也快点儿报警吧，我也因为苍耳受伤了呢。"

姚卉的脸色瞬间就白了。

最后，姚卉自己说算了。

那天睡觉前，那幽幽仔仔细细地检查了自己的床铺才躺下，躺下之后，又说了一句："我这个人呢，不会去惹别人，但是，我也不好惹。"

姚卉这样的大小姐想和她这样八岁就摸爬滚打求生存的野丫头斗，怎么斗呀？

三

直到快中考了，梁晓湛都没再来枫叶女中看那幽幽。

那幽幽趁着周末去找了林染白两次，每次都拎着两大袋学校发的点心和水果。从小到大，她就没有吃零食的习惯，想着林染墨隔三岔五地要去抽血打针，她就把那些能保存的巧克力、饼干、点心之类的全都攒着带给他们。

林染墨看到那幽幽很高兴，平日里除了说到他感兴趣的与数字有关的话题，否则话很少，但是高兴的时候，就会主动说很多与数字无关的话。

林染白的境况好像好了很多，那个叫陆之杉的小警察似乎帮了她不少忙。

一切看起来都在向好的方向发展。想起这一切都是因为遇见了梁晓湛，那幽幽忽然有点儿想见他了。

第三章 她的愿望就交给他来保管吧

但那幽幽在梁晓湛上班的公安局门口周围转了快一个下午,愣是没见着梁晓湛的人影儿。

梁晓湛这一天很忙,傍晚终于回到局里的时候,他似乎看到那幽幽的小身板儿在路边的一棵树后闪了一下,但当时他正押着抓回来的嫌疑人,没仔细看。半夜忙完下班的时候,他想起这事,便从监控室调出了监控视频查看,果然,小姑娘无聊至极地在附近几个路口转来转去,眼睛总是往大门里看。

他这个"家长"最近太忙没顾上去学校看她,小姑娘是想家长了吗?

从局里回家的时候,梁晓湛自己都没察觉他的嘴角一直是微微扬起的。

枫叶女中管理很严格,家长平时探望孩子都必须在学校的接待中心的餐厅里。

梁晓湛第二天一大早就出现在枫叶女中的接待中心里,那幽幽接到老师的通知说家长来看她,她愣了一下,才抱着书本跑了过去,一见梁晓湛就嚷嚷道:"叔叔,你有什么事情吗?我还有十分钟就要上课了。"

梁晓湛一听她这话,便知道她昨天来找自己其实没什么大事,即使有,看样子她这会儿也不打算说。于是他把一大袋子零食饮料放在她面前的桌子上:"来给你送点儿吃的。我走了。"

"呃?"那幽幽望着梁晓湛大步流星地远离了她的视线,才慢慢把目光收回到那包巨大的占满了整张桌子的零食上:这是梁晓湛家长终于想起自己有个学生需要探望了吗?

中考之前,那幽幽鼓起勇气给梁晓湛打了电话:"我不打算直接升枫叶高中,我要考其他高中,可以吗?"

电话那头沉吟了两秒钟,才传来了梁晓湛低沉而有磁性的声音:"不行。"

"为什么不行"这句话在那幽幽嘴里转了转,变成了:"那好吧……"

下午,梁晓湛就接到了校方的电话,那幽幽逃课了,监控视频证明她是在午休时间自己爬树翻过围墙离开学校的。

梁晓湛先去了学校,看了那幽幽越墙逃跑的视频,视频清晰度一般,但那个动作灵巧熟练翻墙的瘦小女孩不是那幽幽还能是谁?那个灵巧地爬上一棵榕树,并从榕树的枝丫上翻上围墙消失的身影,又让梁晓湛有一种想捉住她教训一顿的冲动。

梁晓湛很快就通过特殊途径掌握了那幽幽的行踪。

那幽幽在郊外一座庙宇的许愿树下,身上穿着她以前经常穿的那件普通的宽大T恤和牛仔裤,这三个月里,她真的长高了不少,这让她的牛仔裤显得有点儿短了。

梁晓湛看了一眼她露出来的瘦小白皙的脚踝,浓眉不禁微微锁起,一会儿带她去买几件衣服,合适吧?想到这个"合适",梁晓湛的眉锁得更紧了。

"枫叶女中为什么收费那么贵,你知道吗?"梁晓湛决定试着和那幽幽讲道理。

"因为条件好呗。"那幽幽似乎也不意外梁晓湛这么快就找到了自己,梁晓湛是警察,现在街上到处都是摄像头,他找不到才怪呢。她坐在树下的椅子上,整个人瘫在椅背上,一脸的无所谓。

"好的资源都是有限的。你想更快地去做到自己想做的事情,就要想办法用最短的时间,达到最好的效果。普通高中虽然收费低,自由度高,但是,也意味着你需要花费更多的时间和精力,才有可能达到在枫叶高中的学习效果,甚至你花费了更多的时间和精力,都有可能无法达到好资源给你带来的效益。"梁晓湛在那幽幽旁边坐下,声音温和,循循善诱,"这么说吧,好高中就意味着好大学,好大学就意味着好工作,好工作就意味着好人生。"

那幽幽没反驳,但她的脸上写满不屑。

梁晓湛只好拿出家长的威严:"我工作很忙,没有办法时刻看着你。你的性子太野,需要严格的管教。我既然要供你读书,就不想随便供出一个小太妹来。那样会毁了你。"

"我哪里是小太妹了?"那幽幽坐直身体,问得很随意,梁晓湛却隐约觉得她好似生气了,他不想就此放弃说服她:"在街上发小广告,去麻将馆卖东西,还有拿着笔威胁人的事情都敢干,你哪儿不像小太妹了?"

"那你把我这个小太妹送到枫叶女中去,不觉得可笑吗?"那幽幽这下绷不住了。她不是小太妹的话,能在大姑一家三口的折磨下活到现在吗?她不是小太妹的话,她早被姚卉的各种小陷阱给整惨了!尽管她已经够小心了,可姚卉的坏点子没完没了,昨天她的椅子上被涂了强力胶水,最后报废了一条裤子后她才站了起来,她的屁股到现在还疼呢!

"既然你承认了,就继续上学改造吧。"梁晓湛很淡定,不知道为什么,小女生的情绪化,让他心里生起一种莫名其妙的愉悦感,就像逗个小动物发火一样。

"我不是小太妹!"那幽幽几乎是吼出这句话的,因为太过激动,她的声音有点儿尖细,带着愤怒与委屈,那双盯着梁晓湛的乌黑眸子似要喷出火来。

她就像一只被激怒的小猫,梁晓湛有一股冲动,想伸出手去顺一顺她的毛,再把她哄一哄。但那幽幽没给他这个机会,转身就跑了。

梁晓湛本来是想跟过去的,但是他又想起了什么,终究还是留在原地,稍微沉默后,他抬头看向树上挂满的各种各样的许愿布条。

小姑娘不可能无缘无故地跑到许愿树这样的地方来。

梁晓湛没按捺住自己的好奇心,他想知道这个小姑娘的愿望是什么,如果是转学,那他就帮她实现好了。

挂在许愿树上的许愿布条密密麻麻的,有些布条已经腐烂,每天也都有新的愿望挂上去。在那么多的愿望里,要找出那幽幽的愿望并不容易。但是,梁晓湛还是找到它了。

它被挂在一根结实的树枝上,那幽幽个子不高,她需要站到椅子上

才能够得着那根树枝,橙红色的愿望布条写着她的愿望:愿我不饿肚子还有学上。愿和林染白相亲相爱一辈子。愿林染墨平安长大不要死掉。

小丫头片子,这字写得跟小狗爪子画的似的,也不好好练一练。

梁晓湛稍一踮脚,便将那幽幽的愿望布条从树枝上解了下来,放在手里又仔细地看了一遍,脸上带着小小的嫌弃,想到刚遇到那幽幽的时候,她又瘦又小,他的心里就似被人狠狠地打了一拳头般猛然疼痛了一下,都什么年代了,小姑娘居然还怕饿肚子……

梁晓湛没再将愿望布条挂回去,而是仔细折好放进自己的兜里。当时的梁晓湛是这样想的——这许愿树人来人往、风吹雨打,他把她的愿望收起来比放在这里安全。

四

梁晓湛没有去找那幽幽,而是去了枫叶女中,他没有去老师办公室,而是去找了宿管老师,年轻的宿管老师看到他的微笑,脸一下子就红了:"你好。"

梁晓湛笑意又深了些:"老师你好,我想来向你了解一下那幽幽同学最近一段时间和舍友相处的情况。"

傍晚梁晓湛找到那幽幽的时候,她在一个快递代理点的小库房里,正一边帮林染白整理快件,一边向林染白吐槽梁晓湛:"你说他不就是个小警察吗?傻傻的,自己拿那点儿工资,还答应供我们三个上学。自己估计连吃饭的钱都没有吧?我要是他妈非得气死。我这是为他省钱,他居然还说我是小太妹需要改造!我看他的脑子才需要改造!而且枫叶女中的人都很难相处的,林染白,我告诉你,我每天都像生活在宫斗剧里一样,要是换个乖乖女,在那里都活不过三天!就我这样的还中招了好几次呢,昨天椅子上的强力胶好厉害,我的屁股现在还疼呢。"

她身形瘦小,手脚麻利,一张嘴絮絮叨叨,手上的活儿却没停。其间林染白搬东西的时候不小心碰了她的臀部一下,她"啊"地尖叫一声:"真的很痛啊。"

这一幕恰好被特意来找她的梁晓湛看到。

尽管宿管老师只对梁晓湛说了几件"小事情",可每一件都让梁晓湛的心脏发抽,又心疼又生气又无奈。

这会儿亲耳听到了她喊痛,梁晓湛忽然觉得眼睛有点儿发涩。小姑娘还挺能忍,听说姚卉在坐到苍耳后,请假回家趴了好几天。她伤得应该比姚卉重,愣是一节课也没落下。

梁晓湛在门外站了一会儿,两个忙碌的小姑娘才发现他,那幽幽先是吓了一跳,随后一脸平静地继续搬东西。她才不要跟他打招呼呢,谁叫他惹她生气来着。

梁晓湛有点儿尴尬,清了一下嗓子说道:"我会考虑你转学的事情。你尽量努力考一个好一点儿的高中吧。学费的事情不用你操心。其他事情,我也会想办法解决。"他说完转身就走,但走了两步又回过头来,声音冷了几分,"你再敢这样随便逃课,下次可就没有商量的余地了。"

梁晓湛走后,林染白拍拍发愣的那幽幽的肩膀:"你还挺拿得住这小警察的嘛。"

听了林染白的话,那幽幽莫名地心里一凛,居然觉得耳根有点儿发热。

初夏的风不闷,路边花坛里的月季不管不顾地开得热烈至极,那幽幽多看了梁晓湛离开的方向一眼,莫名地觉得他走过的地方好像都亲切起来。

当晚那幽幽回到了枫叶女中后,发现宿舍里属于姚卉的东西全都搬走了。

周围的人都在讨论姚卉忽然转学的事情,有人说是学校董事会决定的;有人说是校长亲自打电话给了姚卉的父亲;也有人说,姚卉一向自私霸道,之前伤害了很多舍友,其中肯定有很厉害的人物,现在是要她负责的时候了。

这时候,离中考只有一周了。

这一周里,那幽幽过得无比痛快。学校的伙食一顿比一顿丰富,补习班的老师一个比一个尽责,宿管老师嘘寒问暖,回到宿舍后自己享受着清静与舒适,再也不用操心哪里有姚卉设置的小陷阱和小麻烦。这日子真是过得太舒服了,如果不是为梁晓湛那点儿工资考虑,那幽幽都想改变主意,继续留在枫叶女中读高中了。

五

中考那幽幽考得一般,分数勉强够上市里的一所普通高中。她不是不想考得更好,但已经拼尽全力了,之前浪费的时间太多,基础又太差,老师们都说,考成这样已经算是她的奋斗奇迹了。

那幽幽自己也很高兴,拿着枫叶女中发的进步生奖学金,拉着林染白姐弟去大排档庆祝。当她兴致勃勃地问林染墨期末考了多少分的时候,林染墨回答:"五百三十七分。"

她顿时蒙了:"林染墨你是怪胎吗?你怎么不去考五百八十分满分呢!"

那幽幽瞪着林染墨,十三岁的少年,因为长年病弱而苍白的脸上笑意淡淡地回答她:"我是想考来着,考体育时病了,四十分没了,作文扣了三分,所以只能这样了。"

"林染白,你让他去考科技大学少年班好了。这种天才就不要放在这里碾压我这样的笨蛋了。"那幽幽不服气地说道,"林染墨,你知道我是多拼死拼活才考到这个分数的吗?就这么被你轻飘飘的一句话秒杀了。"

"我知道呀。"林染墨淡淡地说,"用我这个分数去上你考上的高中,就可以免学费了。毕竟你有小警察愿意供你,我没有……"林染墨话挺多的,这说明他的心情很不错。

"那姓陆的不供你们了?"林染白上高三了,如果陆之杉不愿意供,林染白可能就真的没有读大学的机会了。

"供呀,但是他要我去考警察学校才继续供,奇葩吧?"林染白一边吃饭,一边漫不经心地答,难怪她总觉得陆警官有点儿居心不良,说什么她反应敏捷啦,有直觉啦,是天生练武的料子啦,可是她从来没想过要去当警察呀。

"那你要去吗?"那幽幽看着高挑瘦削的林染白,想象着她穿上警服的样子,应该也挺帅气的,"你肯定会去,对不对?"

"有大学上肯定要去呀!而且陆之杉说,像我这样的贫困生,可以申请助学贷款,甚至可以免学费什么的。"林染白说陆之杉的名字时说得很自然,那幽幽注意到了,她愣了一下,心想:咦,自己怎么就没想过要喊梁晓湛的名字呢?她忽然想起那个长得很漂亮又很有气质的白悠然,总是叫梁晓湛"阿湛"……唉,算了,本想叫他哥哥都被他拒绝了呢,他严肃起来还挺可怕的。

那幽幽心里在想事情,眼神就有点儿发愣,林染墨一直在看她,见她走神儿,往她碗里夹了几块她喜欢吃的小炒肉。

那幽幽这时却使劲地眨巴了好几下眼睛,似乎要确认视线里的梁晓湛是真是假那般,不会吧,她才想到他,他就出现了?

"小白,小墨。"刚从警局忙完出来的陆之杉拉着梁晓湛出来吃夜宵,他也没想到会遇到林染白姐弟。

"太巧了,一起坐吧。"陆之杉一边说着,一边自顾自地拉了一只凳子在林染白身边坐下,回头招呼后厨的老板,"老板,给我们多炒几个菜。"

梁晓湛看了那幽幽一眼,才拉了一只凳子,坐在那幽幽左手边的空位上。

不大的圆桌,因为两个身形高挑的年轻男人的加入而显得满满当当,那幽幽忽然感觉到有一点儿压力,这压力好似来自梁晓湛,让她不由自主地往右边林染墨的方向移了移。

饭间,陆之杉也问起了林染墨打算考哪所高中,当林染墨说为了免学费,他将选择去那幽幽考上的那所高中的时候,梁晓湛放下手里的啤酒杯看了他一眼。林染墨感受到了梁晓湛的目光,却并没有回避,但也没有再解释其他理由。

在大家都吃完饭的时候,那幽幽想悄悄去把账结了,结果刚拿出钱,就被梁晓湛挡住了:"我来付。"

"那个……我有奖学金。"

梁晓湛看了一眼她那条已经变成九分裤的牛仔裤,淡淡地说:"留着明天用。明天我休息,带你去买衣服。"

"啊?"那幽幽一时半会儿反应不过来,什么叫带她去买衣服?她为什么需要他带着去买衣服?

那幽幽呆呆地看着梁晓湛付完账,把老板赠送的一罐雪碧递给她:"明天十点钟,我到巷口接你,买好衣服再送你回家。"

"哦。"那幽幽接过凉凉的雪碧,心里莫名地冒出一个欢喜的泡泡来,心里想说"不用特意给我买衣服呀,我自己随便买一件就好"之类的话,她一句也说不出口了。

跟大姑在一起的第一年,大姑手里还有父母留下的钱,偶尔还是会良心发现地给她买一身衣服的。但是,那钱很快被姑父与表哥挥霍光了,后来,她穿的不是邻居给的旧衣服,就是林染白实在看不过眼给她买的衣服。幸好她身体长得不快,衣服只要不破都能穿,能吃饱肚子就不错了,她倒也没去想太多。现在有了梁晓湛的帮助,她吃得好了,也长高了不少,以前的衣服就都有些小了。

其实,她本来也打算明天去给自己买件衣服的。但是,那幽幽没想到梁晓湛竟然会注意到自己的衣服小了这种小细节。

感动吗?

当然。

那幽幽想着,等以后自己独立了,能挣钱了,一定也多给梁晓湛买几身衣服还他的人情。

想得多了些,那幽幽很晚才入睡。半梦半醒间那幽幽忽然被踹门声惊醒,她几乎是从床上跳了起来,手飞快地从枕头下摸出一把小刀,一脸警惕地看着似乎随时会被撞破的门。

临睡前她把小屋的门锁好,还仔细地检查并加固了所有的螺丝。以往表哥喝醉酒后,总是在半夜踹她的房门,嘴里还一直骂骂咧咧的。

那幽幽曾听过不怀好意的邻居的调侃,凭借着本能的恐惧,这几年她都像一只惊弓之鸟一样保护着自己。

她不但自己想办法一层又一层地加固了小屋的门,而且总是睡得十分浅,稍有响动,就会做好防御和战斗的准备。

幸好,这一晚喝多了的表哥在踹了几下门之后,就倒在门外的地板上睡了。但是,那幽幽却再也不敢睡了,迷迷糊糊地坐到了天亮。

六

第二天一早,梁晓湛把车停在了巷口的对面,那幽幽看着周围熟悉的邻居,其中还有姑父的牌友,她心知如果姑父和表哥知道梁晓湛在供她上学,不知道会闹出什么事情来。于是她走到梁晓湛车边的时候没有上车,只是快速地对车里的梁晓湛说了一句:"到前面公交站见。"

她语速飞快,说完人就跑了,像一只受惊的小野兔般。

梁晓湛愣了一下,不太明白小姑娘的意思,但还是向公交车站开了过去。

那幽幽躲在公交车站拐弯处的一棵树下,梁晓湛的车刚在她身边停下,她打开车门就钻进车里,速度奇快。

梁晓湛看了她一眼，淡淡地问："做了什么坏事，有人在追你吗？"

"啊？"那幽幽又被问愣了，但随即反应过来，"我没有做坏事！"

"那你在怕什么？"问这话的时候，梁晓湛嘴角微微扬起，看她的样子，明明就像是在做什么亏心事，"我带你去买衣服，有什么见不得人的吗？"

"没有。我只是不想熟人看见。"那幽幽说的是实话，但她还在心里加了一句：笨蛋，我这可是在保护你。万一被大姑和姑父那样不讲理的流氓缠上，可够他受的了。

"我供你上学，很见不得人？"梁晓湛心里有些不舒服。

"不是。"那幽幽彻底不知道如何解释了，她心里想着的还是家丑不可外扬。

她昨晚一夜没睡，现在真是累极了："我能睡一会儿吗？到了你叫我吧。"

"嗯。"梁晓湛应了一声，他还以为那幽幽只不过是想回避话题所以装睡。当她呼吸渐渐平稳，小脑袋往他这边垂着垂着忽然就要倒下的时候，他迅速腾出一只手托住了她，然后伸出一根手指，用指尖顶着她的小脑袋，把她的脑袋靠到车窗那边去。

那幽幽一觉醒来的时候，被车窗外的昏暗吓了一跳："天黑了？"

梁晓湛的声音闷闷地从躺倒的驾驶位上传来："现在是下午一点钟，在地下停车场。"

"我睡了这么久呀。"那幽幽扭动了一下酸痛的身体，小声地抱怨，"睡得好累呀。"

"一大早这么困，你昨晚去做贼了？"梁晓湛调正座椅，打开车门下车。

"没做贼，防贼了。"那幽幽没打算对梁晓湛细说家里的事情，而是转移了话题，"我饿了，叔叔今天包吃吗？"

第三章 她的愿望就交给他来保管吧

"不包。"梁晓湛微扬起嘴角,"你不是有奖学金吗?你请我吃饭,我给你买衣服。"

"叔叔,没想到你是这么小气的人呀!"那幽幽嘴上抱怨着,心里却是高兴的,她不习惯总是被照顾,能偶尔回报他一顿饭,感觉也不错。

第四章

再见，

回不去的旧时光

我想去你心里住一生

一

梁晓湛走在前面,那幽幽紧紧地跟着,每当经过那些看起来贵得要命的饭馆时,她就一阵惊心。

那幽幽的进步奖学金不过才三百块钱,枫叶女中虽是私立学校,奖学金却并不高,因为对在校的绝大部分学生来说,更看重的是奖励背后的意义。

但对于那幽幽来说,这却是她十几年来赚得最多的一笔钱了。她原本计划好请林染白姐弟吃一顿饭花掉一百块,剩下的钱自己买两条裤子和一件上衣。

既然梁晓湛昨晚帮她省了饭钱,那今天就请他好了,梁晓湛应该不会故意选一间贵的餐厅吧?

幸好,在经过了七八间高级餐厅之后,梁晓湛走进了电梯,把她带到了商场顶楼的美食广场,在一排排麻辣烫、牛肉面、煲仔饭、海鲜粥、小笼包之类的小吃美食中,梁晓湛看了一眼那幽幽,在湖南牛肉面的柜台前停下了。

那幽幽相当自觉地凑过去:"好,这个好吃!你吃什么面?"她兴奋地抬头看着墙上的菜单,闻到了牛肉面的味道,瞬间觉得饿了,"我要牛肉米粉!哥……哦不,叔叔,你要吃什么?"

梁晓湛这么年轻,非让自己叫他叔叔,她偶尔不注意就会忘记他的要求。

"一样。"梁晓湛淡淡地说。

"两碗牛肉米粉!要大份的!"那幽幽兴高采烈地掏钱付账,两碗牛肉米粉一共才二十四块,太划算啦!

梁晓湛看着那幽幽付账时开心的样子,嘴角不自觉地微微扬起:真是个小气的姑娘。

那幽幽则在心里盘算着剩下的七十六块钱能做点儿什么,唇角微扬埋头吃得飞快,梁晓湛趁她吃得欢,悄悄起身又去多买了一碗。餐送过来的时候,那幽幽刚好吃完。

梁晓湛把满满一碗的牛肉米粉推到她面前时,露出家长般慈祥的微笑:"吃吧,吃不完归我。"

那幽幽也没客气,接过碗又吃光了,这才觉得有点儿饱,低下头不好意思地说道:"我饱了,谢谢。"

吃完饭,梁晓湛带着那幽幽径直去了一家运动品专卖店,却在门口被那幽幽拉住:"叔叔,你看我是买得起这种衣服的人吗?"

梁晓湛回头看了她一眼:"我买。"

那幽幽顿觉尴尬,松开了扯住他袖子的手,"嘿嘿"傻笑了两声:"那……那你买你的,我就不进去了,在外面等你。"

梁晓湛也没再坚持,自己进去了一会儿就出来了,手里提着三四个袋子。

那幽幽确认他已经全都买完之后,领着他直接转到商场一楼角落里的打折区,在一堆尾货衣服堆里,三下两下便挑了三四件。有条牛仔裤看起来实在是太大、太长了,那幽幽往自己身上比了比,咬了咬牙依然拿去了结账处。

梁晓湛实在没忍住,把那条差不多可以装下她整个人的裤子给扯了出来:"你是打算当连身裤穿吗?"

那幽幽一把又扯了回去:"裤子不会长大,但我会长大的嘛。"她说话的时候,小脸上有笑容,没有尴尬,也没有自卑。

此时的那幽幽,还没有精力去想关于漂亮与品位这样的事情,她刚艰难地从生存的泥沼里爬出来,也不知道自己会不会又重新掉回去,未来是惶恐不安的,她无暇顾及其他,只要能吃饱饭有学上,有可以独立生存的希望就好。但又正因为这点儿单纯的欲望,她在梁晓湛眼里更倍显珍贵且令人心疼。

梁晓湛没再阻止她,只是在心里暗暗地给自己订下一个行程表——以后每个季度,都要记得安排一天时间给她买换季的衣服。

离那幽幽大姑家的巷子还有两条街的时候,那幽幽便坚持要梁晓湛停车自己走回去。

梁晓湛也没再坚持,停好车后,胳膊往后座上一伸,把那几个运动品牌的购物袋全拎过来放到那幽幽的怀里:"暑假要报培训班吗?"

那幽幽看着袋子里的衣服,愣了一会儿才反应过来:"这个,是给我买的?"

梁晓湛没有回答她,而是继续说暑期的安排:"我和枫叶女中的老师联系过,她们都说你很聪明,只是基础不好。建议我利用暑假给你报个培训班。"

"啊!不用,不用,我自己看书就行。"嘴上虽然这么说,但其实那幽幽是想去的,不过,那大概又会是一笔不小的花销吧?

"现在有一个很知名的全日制的培训班,和平时上课一样。我觉得挺好。"梁晓湛顿了一下,直接说出了自己的要求,"我希望你能去。这样上高中之后,不会这么吃力。"

"但是……"

那幽幽不知道还要不要和梁晓湛提起钱的问题。

梁晓湛开的车是一辆不到十万块的二手车,很旧很老;他用的手机也是很普通的国产手机,千把块钱的那种;手上戴了一块表,看起来是不错,但好像也特别旧了。

不管是从哪一个细节看,他根本不像是一个有钱人。

她不知道他为什么愿意花那么多钱送她去读枫叶女中,也不知道他为什么要给她买看起来很贵的衣服。难道就是因为他单纯、善良到傻,所以对她特别好?

二

那幽幽的犹豫，在梁晓湛看来却是心智未开的混沌，他认为她需要有一个目标："你有梦想吗？或者说，愿望？如果你有梦想或者愿望，你就知道你需要怎样做才能最快地实现它。我对你说过，想要做到自己想做的事情，首先要做的就是寻找最直接、最迅速的途径。如果你读了高中却无法顺利地考上理想的大学，你又怎么去做你想做的事情呢？"

那幽幽再次听梁晓湛提起目标这件事情，她看着认真、严肃的脸，不知道为什么突然有点儿想笑，但好在她忍了忍，忍住了："那好吧。"

暑假两个月，那幽幽都在校外上培训班，和平时上课时没什么两样。她过得很充实，每天像打了鸡血一样跟着老师认真做题，记知识点，外加参加"魔鬼"英语训练。

梁晓湛到底还是觉得枫叶女中的管理与教学更适合那幽幽，所以坚持让她直升枫叶高中。

开学当天，要办理入学手续，梁晓湛上班前特意去了那幽幽的大姑家，穿着制服。

果然，他刚进门，那幽幽的大姑那嘉英便吓得差点儿夺门而出，反应过来这是在自己家之后，才战战兢兢地问梁晓湛为什么而来。

梁晓湛将早已想好的理由脱口而出，说局里展开了社区帮扶活动，调查后发现李家在供那幽幽上学方面有困难，就让梁晓湛与李家结对子，供那幽幽上学读书，直到她经济独立。

那嘉英一听还有这种好事，连忙问是不是也有福利给李家人，比如给她儿子安排个工作什么的，梁晓湛说没有之后，她顿时失落。不过想想若是梁晓湛将那幽幽这累赘接了去，对她也是件好事，当下便爽快地把户口本拿了出来。

那幽幽这时候也收拾好了大包小包从房间里出来，她在房间里的时

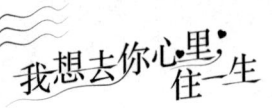

候早就听到了梁晓湛的声音,暗暗佩服这个小警察还挺机灵的,梁晓湛则笑着冲她眨了眨眼睛。

八月底的上海还很热,知了不知道藏在哪一个角落里,像疯了一样叫着。

看着沉默地提着自己的大包小包走在前面的那个年轻男子的背影,那幽幽的心又沉又热。

三

梁晓湛帮那幽幽把行李提到宿舍门口,接了个电话便走了。他的背影消失在楼梯转角之后,那幽幽长长地松了一口气,觉得自己莫名地紧张到身体发软差点儿瘫在地上。

那天之后,那幽幽与梁晓湛再见,已经是两个多月之后了。

梁晓湛接手了一个大案子,特别忙。

那幽幽不仅要适应学校的生活,还要帮林染白照看时不时就生病发烧甚至可能随时昏倒的林染墨,也是忙得不可开交。

期中考试之后要召开家长会。这是高中生涯的第一次家长会,老师要求每一位家长都要参加。

那幽幽犹豫了一整天,才给梁晓湛打了电话。

"喂,你好。"

"梁……哦不,叔叔。"

那幽幽本来想叫梁晓湛的名字的,但想起来他曾经强调过,只好又改口叫他"叔叔",不知道梁晓湛会不会有时间来参加她的家长会,也不知道他愿意不愿意参加,所以她犹豫了一下才说:"周五下午有家长会……"

"几点?"梁晓湛竟没有丝毫犹豫。

年轻帅气的梁晓湛在家长会上极其引人注目,几乎所有人都猜他是那幽幽的哥哥,还有好几个女生悄声讨论:"那幽幽的哥哥真是帅爆了!"

新学校新学期才刚刚开始,那幽幽有了梁晓湛这种给钱爽快又开明的家长,没了大姑那种经常去校务处闹的丢脸事,因此学校里没人知道那幽幽是个孤儿,也自然没有人怀疑梁晓湛的身份。

梁晓湛似乎对自己的引人注目并无察觉,他专注地看着那幽幽卷子上的分数,几个月过去,她的字写得好看了一些。只是,不知道她是故意还是怎样,"那幽幽"三个字却写得漫不经心,远没有卷面上的答案整齐好看。

家长会之后,便是周末。那幽幽想让梁晓湛在回去的时候捎自己一程,梁晓湛看了她一眼,淡淡地说:"你要回宿舍收拾东西吗?"

"不用。"那幽幽有点儿小紧张,怕被他看出来她其实不想回家,只是想和他多待一会儿。

"走吧。"梁晓湛人高腿长,尽管他的步速并不快,可是那幽幽依然需要小跑着才能与他并肩。

两个人穿过花园走向校门外的停车场,经过了一排叶色金黄的银杏树,有秋风悠然吹过,一片银杏叶子经过了梁晓湛的肩膀,落在了那幽幽的书包上,那幽幽看了一眼那片叶子,心忽然"怦"地狂跳了一下。

心脏当然是随时都在跳的,但那幽幽无比肯定,这一刻的跳动,因为梁晓湛在身边而与众不同。

车子到了上次送她回家的那个街口,那幽幽就赶快叫梁晓湛停车了,梁晓湛微抿了一下嘴角似乎在表达不满,但还是停了下来。

那幽幽刚要下车,梁晓湛长臂往后座一伸,同样的动作,同样拿出来了几个袋子:"给你。"

"呃?"那幽幽自己都无法判断是惊讶还是惊喜:"这个……那个……"

"天气凉了,秋天的衣服。"梁晓湛的声音不带一丝情绪。

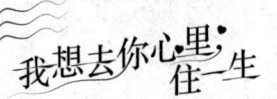

那幽幽抬头看着他的脸说:"那个,其实不用的……"

"期中考比月考有进步,就当是奖励。"这次梁晓湛的语气里带着不容拒绝的坚持。

"幽妮儿,在这儿干啥呢?"

梁晓湛走后,那幽幽看着手中的几袋子衣服,在想怎么躲过大姑的询问,犹豫着要不干脆去找林染白算了。

正踌躇间,大姑那嘉英不知道从哪儿忽然出现,劈手就夺过了她手里的袋子翻看:"这是啥?新衣服?你有钱买新衣服就不知道给你姑买一件?"

那幽幽想也没想就把袋子一把夺了回来:"这是我同学的,我就帮她拿一下,要是弄坏了要赔的!可贵了!"

"你这么好心帮人拿东西?人家给不给你钱?"

那嘉英嘴上问着,心里却信了,袋子上的LOGO(标志)她认识,儿子曾经吵着要她给买过,一件最普通的款式都要好几百呢,那幽幽一个穷丫头,估计也买不起。

"幽妮儿和那个同学要好不喽?"

一直站在一旁看着那幽幽没吭声的姑父李福怀忽然问了一句,他说话有家乡口音,很多句子都习惯加"不喽"两个字,他自己觉得这样很特别很有亲切感,其实却让人感觉有些矫情。他不高也不胖,戴着眼镜,穿着也很干净、得体,像个老师一样,看起来很斯文。

如果不是那幽幽和他一起生活了那么久——特别了解他,一定会觉得这人挺不错的,至少比起大姑来算是个君子。但其实,大姑一家三口里,最容易对付的就是整天大吵大闹的大姑,反而是表哥和姑父,一个比一个奸恶、狡猾。

"还好。"看到姑父狡诈的目光,那幽幽已经在心里决定了今晚去林染白家。

"幽妮儿好久不回来了,我和你大姑去买点儿菜,今晚给幽妮儿做点儿好吃的。"李福怀拉了拉老婆,一副很关心那幽幽的样子,那嘉英还有点儿不明所以,但她向来猜不透丈夫的心思,就没想太多,挥挥手让那幽幽先回家:"我们去买菜,你先回家把碗刷一刷,把卫生搞一搞。"

那幽幽正要拒绝,肩膀却被人一把大力揽住:"妹妹!"

是比她大四岁的表哥李小帅,李小帅长得一点儿也不帅,身高遗传了姑父的矮个头,一张脸遗传了大姑和姑父的所有特点:小眼睛、厚嘴唇、鹰钩鼻。其实每一项单独看都不难看,但是放到了李小帅的脸上,就会觉得白瞎了他名字里的那个"帅"字。

李小帅最爱做的事情就是捉弄那幽幽,久而久之,那幽幽也从两人的相处中找着了应对的法子。她条件反射一般扭转身体,用了一招跟林染白学来的逃脱术让自己脱了身。

四

在大姑家里隐忍地生活了八年,一直以来,都是林染白教会她该如何保护自己的。所以这八年来,那幽幽是靠着林染白姐弟的帮助,才在夹缝中长大。

吃饭的时候,姑父又开始喝酒了,已经有些醉意的他面红耳赤,看起来像随时要发火的样子。

因为害怕姑父找自己的碴儿,那幽幽迅速吃完饭后,便回到自己的房间,仔细地检查了门锁。但她还是不放心,她走到窗户边看了看,决定还是要准备好第二个计划。

果真,喝到半夜的姑父开始吼骂,踹门的声音也随之而来,那幽幽背起书包,使劲儿拽了拽用床单和旧衣服绞成的"绳索",慢慢地爬上了窗户。

那幽幽在踹门声中顺着墙角一点点地往下爬的时候，看着大姑家两边邻居家至少四层的楼房，心里暗暗地庆幸大姑一家三口都是赌鬼——如果不是，她还真难以逃跑。

大姑家是那种城市的棚户区里自建的两层小房。自从有传言说要拆迁之后，为了能多拿到一些赔偿，周围的邻居们纷纷把自己家的房子翻新加高了。

大姑一家原先也曾经想要像邻居们那样修房子，但是他们的钱都拿去赌掉了，甚至连借来盖房的钱也被输掉了，之后就再也没有人肯借钱给他们。

幸好幸好，房子最后没有盖起来，那幽幽总算成功逃了出来。

在跑出巷子的时候，那幽幽回头看了看这座房子，眼睛不自觉地有些湿润。

这房子是那幽幽爷爷奶奶留下的，那幽幽的父母结婚后有了新房，便把它留给了没有房子的大姑一家。

那幽幽的父母刚去世的时候，大姑口口声声说会抚养那幽幽，结果在接管了那幽幽父母的遗产和房子后，转身便拿着钱和李福怀一起去赌，不到一年就输了个精光。如果不是大姑还有一丝理智，大概爷爷奶奶留下的这房子也要被他们拿去赌掉了。

爷爷奶奶都还在世的时候，那幽幽逢年过节都会跟着父母回来过节。爷爷奶奶很疼爱她，那些快乐的日子，那幽幽偶然依然会想起。这房子虽然承载了近几年许多不好的回忆，但她和爷爷奶奶、爸爸妈妈在这里的小快乐、小幸福都牢牢地放在了心里。那是她在孤独中能坚持下去的光与暖。

那幽幽知道，今天这一走，她以后不可能再回这里生活了。但是，她必须走。这个"家"已经越来越没有她的容身之地了。

那幽幽想去找林染白，可她忽然记起，上周林染白告诉她，因为她和林染墨都住校，已经把租的房子退掉了。

夜色已深，那幽幽在公交车站踟蹰了半晌，才决定去找梁晓湛。

幸好，梁晓湛住的小区不需要门禁也可以进入，只是那幽幽还不知道梁晓湛家的门牌号。

不过这也难不倒她，上次来这里的时候，她看到梁晓湛把微醉的白悠然交托给门卫处，由此猜测门卫可能与梁晓湛相识，于是便决定说自己是梁晓湛的亲戚，问他住在哪儿。

门卫看她一个小姑娘，穿着宽大的校服还背着个大书包，一点儿都没怀疑，把梁晓湛住哪幢哪层哪号一股脑地告诉她了。

其实那幽幽在来之前是给梁晓湛打过电话的，但是一直没有人接听。她努力地想了又想，不知道还能找谁。最后还是觉得，就算在梁晓湛家门前蹲一晚，也比回到大姑家安全多了。

那天梁晓湛忙完工作回家的时候已经凌晨两点了，他身心俱疲，只觉得脑袋里面有东西突突地跳着，像浸了水的木头般又重又痛。

最近因为同时有两个案子，他已经连续加班好几天了，昨天下午特意申请了半天的休假，给那幽幽开了家长会，买了新衣服，然后又回局里忙到了现在。

他很累，并且，忽然怀疑自己搞得这样累的意义何在。

梁晓湛看到那幽幽的时候，那幽幽就靠坐在他家门口，身边放着她的书包，借着走廊的灯，正在一边看书一边写着什么。

她缩成瘦瘦小小的一团，可那双看着书本的眼睛莹莹发亮，像遥远冷夜尽头燃着一束火光。

梁晓湛用力地眨了一下眼睛，确认并不是幻觉之后，赶忙上前问道："你怎么在这里？"

姑父喝醉了骂我，我逃出来了。

我没有地方可去。

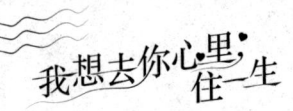

我只想能到你。

我今晚可以在你家借宿一晚吗?

可不可以收留我?

这一句又一句可以明确回答梁晓湛的话在那幽幽的喉咙里转了转,最后出来的时候,却倔强地变成了:"我和大姑吵架,跑出来了。"

不知道为什么,她就是不想让他知道她一直在遭遇的一切。

梁晓湛只是愣了一下,竟也不疑有他,"小孩子和大人吵架就离家出走呀?"他弯腰提起她的书包,"走吧,我送你回去。"

这回换那幽幽愣了一下,梁晓湛没有表现出要收留她的意思,她也不敢提。

她不知道梁晓湛是自己住还是和别人住,但不管是哪一种,这样的深夜,总归是难为情的打扰。

凌晨的街道空无一人,路上偶尔才会遇到一辆车,一路寂静。

梁晓湛虽然身心疲惫,却仍不忘叮嘱那幽幽两句:"女孩子,不要半夜往外面跑。你不知道现在有多乱。"

那幽幽轻轻地"嗯"了一声,脑子里飞快地盘算着在梁晓湛离开之后,她该如何从大姑家脱身并度过天亮以前的这几个小时。

梁晓湛把车子开到了巷口,熄火下车,提着她的书包示意他要亲自送她回到家里。

那幽幽有些无措,只得沉默地跟在他的身边。

从巷口到大姑家,不过三百来米,但那幽幽却觉得似乎只有三米,很快便走到了头。她正想开口让他先走,屋里忽然传来一声巨响,似乎是什么东西摔碎了,然后便是李小帅很大声地叫嚷着:"妈,你干吗打我?"

"你竟然敢把房产证偷走!你这个浑蛋!我要打死你!"那嘉英的声音中气十足,充满愤怒和绝望,"你知道这房产证代表着什么吗?没了这房子我们去睡街头吗?"

"只要二十万!只要这个月能还上二十万,他们就会把房产证还给我们了!我不是说了吗?把那幽幽签约给他们当模特,他们说可以抵这二十万!"李小帅一边呼痛一边振振有词,"哎呀!妈,你别打了!爸,你倒是帮帮我呀!你不是也一直惦记着那幽幽吗?那丫头以前又瘦又小,现在都长大了,像她妈一样好看,她肯定值钱呀!"

"你胡说什么!"李福怀的声音有点儿恼羞成怒。

"啊,爸,你干吗也打我?是你说的,要帮我去谈这个事情的!那个人手里的女孩,个个都是很赚钱的模特,有的还成了明星呢!"

听起来,李福怀似乎也加入了"教训"儿子的行列,但是,依然没能阻挡住李小帅的口无遮拦:"爸!你再打我,我就把你让我踹那幽幽房门吓唬她的事情告诉我妈了……呀!痛呀!"

那幽幽没有办法再听下去了,她觉得尴尬又丢人,她不知道梁晓湛在想什么,他会不会看轻自己?

如果会,那是她最不愿意见到的。

虽然她也知道,有这样的家人并不是她的错。

五

夜色都难以掩饰梁晓湛阴沉至极的脸色。他一动不动,站得笔直。那幽幽站在他身后两步开外,都能感受到他浑身像钢铁岩石一样僵硬地压抑着的愤怒。

她心里有点儿期待他会做些什么,但是更多的是害怕他做什么。她很了解大姑一家,他们是那种会狗急跳墙的人,她害怕他们会因为梁晓湛的冲动做法而赖上他,进而打扰甚至破坏了他的生活与人生。

那幽幽年纪虽不大,但心思可不少。她不敢再细想,急忙伸出手拉住梁晓湛的手:"那个……要不你送我回学校吧,我在门口那儿等等就天亮了。"

那幽幽的想法很简单,她不想他被大姑一家缠上,那不值得。他帮了她很多,是真心待她,她不想连累他。

那幽幽的手小小的,凉凉的,凉得让梁晓湛感觉她整个人都是一个冰块儿。

那丝凉意源源不断地从她的小手传到了他温热的手掌,再从他的手掌慢慢地平息了他心里那股眼看无法控制的怒火。

梁晓湛低头看了看昏黄路灯下的那幽幽一眼,她那双清亮、幽静的眸子像一汪冰泉。

她对上了梁晓湛的眼神,不由得微微瑟缩了一下,像是在害怕,又像是为自己的家人感到难堪。

想到在自己出现之前她一直都与这样的家人生活在一起,梁晓湛的眼神一下子就软了。

上海深秋的夜有些清冷,她之前为了等他在楼道里冻着,这会儿又站在小巷的风口里冻着,难怪手这么冷。

梁晓湛反手握住她,大步地拉着她往巷口走的时候,那幽幽真的愣了好一会儿才反应过来。

片刻的惶恐过后,她真切地感受到了他手掌上传来的温厚的热度,他的手指修长但是并不瘦,掌心温厚,还有一些细细的老茧,和她瘦小的、常年冰冷的手完全不一样。

她小时候曾牵过爸爸的手和爷爷的手,那种被疼爱的关怀会从他们的手掌里传来,温暖而又安心。就像此刻梁晓湛的手,是温暖的,坚定的,安全的。

与那幽幽细腻的心思不同,梁晓湛现在一心只想平息自己内心的愤怒,以及要快点儿把那幽幽带到暖和的地方去,她的手太瘦太凉了,让他觉得心都在颤抖。

第四章　再见，回不去的旧时光

　　他拉着她走到车边上，打开副驾驶的车门："今晚先到我那儿住吧，明天一早我再送你回学校。"

　　他是绝对不可能让一个小姑娘在这样冷的秋夜冻到天亮的，他在救助她的这件事上心无旁骛，便不怕别人说他的闲话。

第五章

那幽幽的十七岁生日

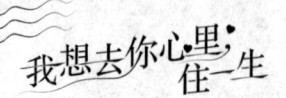

一
———————————

路上，车窗外的路灯一盏一盏在后退，梁晓湛一直沉默着没有说话，那幽幽心里还在想着方才在门外听到的姑父与表哥说的那些不堪的话，她的心里有后怕，有愤怒，也有尴尬。她还不清楚他们口中的赚钱的女模特属于什么工作类型，但是，能赚很多钱，对于像她这种孤苦无依的姑娘，怎么会有那么好的事？

那幽幽很怕梁晓湛会因此看轻她，但是，她又很清楚自己并没有做错什么，她已经很努力地在这个残酷的世界里活下去，并且始终都还保持着属于一个女孩的尊严。

这么想的时候，似乎是为了证明自己那般，那幽幽假装毫不在意，"嘿嘿"地笑了一声，说："那个……我姑父他们大概是想钱想疯了，居然觉得我能卖钱？我现在每天可还都在花叔叔你的钱呢。"

听出了她话里难以掩饰的难堪与尴尬，也听出了她在故作轻松，一直沉默开车的梁晓湛转头看了她一眼，她的脸小小的，眉眼里透露出来的刻意的倔强，让梁晓湛有些心疼："不要计较钱的事，只要你好好用功读书就行。"

"我一直很用功呀。"那幽幽似乎怕他不信似的，又给他讲了最近几次测验考试自己的成绩排名。

凌晨三点多，马路上空无一人，连车都没有几辆。过了两三个路口，梁晓湛才终于勉强控制好自己愤怒的情绪，对那幽幽说了自己对于这件事情的处理想法："我会想办法把你的户口独立迁出来。以后你就住在学校里，放假就到我那儿去住。我单位里有宿舍，只要你放假，我都会住在宿舍里。我住的小区虽然旧，还挺安全的，晚上你自己把门窗反锁好，自己住没问题吧？"

"没问题！但是，叔叔……"如果能把户口本单独拿出来，那幽幽倒是很庆幸。她的户口簿大姑一直攥在手里，大约是抵押以及拍卖她父母留下的房屋之类的财产时要用到,又或者是其他的一些原因。所以她一直没能摆脱大姑一家的控制,甚至直到现在她还没有身份证。那幽幽是尝过人世咸淡滋味的姑娘,她知道做好一件事情的不易。她犹豫不是因为不想,而是怕自己实在是麻烦梁晓湛太多。

梁晓湛不知那幽幽的小心思,只想着自己必须要帮她离开那个狼窝,他决不能让她一个弱小的姑娘继续待在那里:"一会儿到家之后,我会把钥匙给你一串。以后周末要回家的时候,提前给我打电话,我去接你。如果我走不开,你就自己回去。"

"嗯。谢谢你,呃,谢谢叔叔!"那幽幽本来想说,会不会太麻烦他了。但转念之间,她又知道,她麻烦他已经很多很多了,就快要还不清了。她长这么大,老天给她的幸运实在是不算多。

小女孩的心思转得快,那幽幽前一刻还可怜兮兮的脸上,忽然堆满了笑容,在路灯那些微弱的光线下,那笑容似皓月般明亮动人。

大约是一直紧绷的神经一下子放松了,车子开到梁晓湛家楼下的时候,那幽幽已经睡着了。她睡得很熟,梁晓湛叫了几声居然都没能把她叫醒,在留她在车里继续睡一会儿还是把她抱上楼之间,梁晓湛足足犹豫了几分钟,才下了决定。

梁晓湛下车关上车门,打开副驾驶的门,把她抱在怀里的书包挂在手上,一双手已经伸过去正要抱起她的时候,她似是在睡梦中遭遇了什么惊吓那般,全身猛然缩紧,双腿蜷起用力抱住自己,整个人就像一只蜷起来的小虾,她的肩膀似乎还在微微颤抖。

梁晓湛想起了方才她姑父与表哥的对话,眼神顿时冷厉起来。他放弃了抱她上楼的想法,将书包放回她的脚下,然后把她的座椅慢慢放低,变成了躺椅,又拿出薄毛毯给她盖上,然后才关上了车门,回到了驾驶座上。

梁晓湛是被冻醒的,刚睁开眼睛就忍不住打了个喷嚏,声音大得连

第五章 那幽幽的十七岁生日

自己都吓了一跳,他赶紧捂住嘴转头看向副驾位上的那幽幽。

那幽幽大概是太累了,盖着薄毛毯,还睡得很熟,她的小脸被毛毯盖住了一半,他怕她呼吸不畅,伸出一根手指轻轻地把毛毯往下拨了一点点。即便是在睡梦中,她也敏锐地感觉到了,头又往毯子里缩了缩。

真像小动物一样。不过,以后"这只小动物"归他保护了。想到这里,梁晓湛的眼神透露出前所未有的坚定。

车窗外天色已经大亮了,深秋的早晨气温很低,梁晓湛怕车里的空气不流通,车窗都是留了缝的。大概是冷到了,梁晓湛忍不住又打了一个喷嚏,这一次,终于把那幽幽吵醒了。

她忽地坐直了身体,动作异常敏捷,双手也下意识地抱紧了"怀里的书包"——并没有书包,她抱住了梁晓湛的薄毛毯,然后,她才反应过来现在的状况:"叔叔。"

"吵醒你了?"看着穿着警服衬衣的梁晓湛眉眼微弯,暖暖地看着自己的模样,简直就是那幽幽这八年里经历过的最美好的早晨:"没有。是我自己醒的。对了,你怎么不叫醒我?"

"你睡得太熟了。"

"抱歉。"那幽幽将怀里的薄毛毯递还给梁晓湛,伸手拿起了自己脚下的书包,"天亮了,我该回学校了。你有空吗?没有空的话我自己搭公交车回去就行。"

"今天不是星期天吗?"梁晓湛打开车门下车,"今天正巧我倒休,吃了午饭再送你去。"

"哦。"那幽幽也抱着书包下了车,昨晚的对话一句一句地回到了她的脑海,她赶紧确认一件她觉得非常重要的事情:"叔叔,你真的可以帮我把户口簿要回来吗?"

"嗯。"梁晓湛将她手里的书包接了过来,"走,吃早餐去。"

"去哪儿吃?不是到你家了吗?"

"要回家吃吗?"梁晓湛微微有点儿愣,工作忙碌的单身汉的房子,自然不会利落到哪儿去。若是旁人,也就算了,可那幽幽是个女孩子,虽然只是个小姑娘吧,但……他还是不想让她看到自己不那么美好的一面。

"嗯!"那幽幽显得很急,也不多解释,自己直接就往楼道里跑。

二

那幽幽真的很急。

她从昨晚到现在都没有上过卫生间,但是,出于一个女孩子的矜持,又不能对梁晓湛明说自己为什么急。

梁晓湛自然不知道那幽幽为什么着急拉着他走,他的脑海里只闪过客厅里的啤酒瓶和方便面碗,还有外卖盒子,也许沙发上还有他扔下来的脏外套,他不是一个不整洁的人,只要休息都会认真地打扫卫生,只是最近太忙,他已经连续一个月没怎么休息了,每天到家累得都顾不上吃饭,更别说做卫生了……

思及此,梁晓湛猛然用力拉住了那幽幽的手:"还是去外面吃吧,家里没有食材了。"

那幽幽急得直跺脚:"我要上厕所!"

梁晓湛一愣,看着已经大步向楼上跑的小姑娘,赶紧迈开腿跟了上去。

刚打开大门,那幽幽就迅速地找到了卫生间,钻了进去,梁晓湛则松了一口气,然后以在警校时急行军般的速度收拾了客厅里肉眼能见的垃圾。

等他终于扔得差不多的时候,那幽幽也从卫生间里出来了。梁晓湛刚想笑着招呼她,脑海里忽然又闪过前天他加班回来洗澡后换下的脏衣服,他的脏衣服是不是就扔在洗衣机盖子上了……

那幽幽似乎什么也没有没有发现:"叔叔,冰箱里有什么?我们自己做早餐吧。"

"厨房在这边。"梁晓湛领着那幽幽往厨房走去。

这房子是老旧小区的一套二手房,连电梯都没有。因为离单位近,就买了下来,简单装修了一下搬了进来。他在市区的公寓离单位太远,他很少回去。这一两年,这间有些简陋的房子倒也住习惯了。

梁晓湛打开了冰箱门,那幽幽小脑袋凑过去一看,还有几个鸡蛋和一盒牛奶:"叔叔,你家里有面粉吗?"

梁晓湛在橱柜里找了一下,还真找出来了一袋没开封的面粉,他想起来了,好像是过年时单位发的年货,不知道还能不能吃。

那幽幽的生活经验比梁晓湛多得多,她动手把面粉袋子拆开:"叔叔,我来做早餐,你去洗漱吧。"

梁晓湛如获大赦般从厨房出来径直就进了卫生间,当他打开门看到他前晚随手扔在洗衣机盖上十分显眼的衣物时,他不由得伸手掩住自己的眼睛——梁晓湛呀梁晓湛,单身汉的生活也不能掉以轻心呀,记住教训吧!

等梁晓湛将所有的脏衣服都扔进了洗衣机,把连续加班了两天两夜的自己收拾好走出来的时候,那幽幽已经把鸡蛋煎饼配牛奶的早餐做好了:"吃早餐啦!"

那幽幽端着盘子从厨房里走了出来,梁晓湛突然想到了什么,说道:"一会儿我给你一张卡,家里缺什么你就去买。"

"嗯。好。"

那幽幽在糟糕的环境里生活久了,对于各种环境的适应能力很强,就好比她进门的瞬间就已经想好了,吃完早饭之后她要搞一下卫生,把脏衣服洗好,然后呢,还要到小区门口的超市里买一点儿菜回来做午饭。

鸡蛋饼煎得外焦里嫩,很好吃,梁晓湛吃得很快也很专心。那幽幽见梁晓湛没作声,也不知道他喜不喜欢吃这个,便悄悄地瞄了他一眼。

梁晓湛似察觉到了那幽幽的目光，他忽然抬头，而那幽幽则像受惊的兔子那样快速把自己的目光弹开，掩饰尴尬地说道："你平时喜欢吃什么菜？"

"我都喜欢。"他并不是一个挑食的人，或者正因为这样，他的家人认为他很难讨好。

"没有特别喜欢吃的？"那幽幽有点儿不相信，她经常挨饿，都还有不喜欢吃的菜呢。

"这个就很好。"梁晓湛确实不挑食，听家里的罗妈说，他从小就是一个特别好照顾的孩子。倒是她，几个鸡蛋、一点儿面粉就能做一顿早餐，小小年纪就会做这些，是因为这些年来什么事都要靠她自己吧？想到这里，梁晓湛心里微微有点儿难过："吃完饭带你去超市，需要什么你看着买。"

超市门口，梁晓湛推着购物车走了两步，发现那幽幽没跟上来，他回头刚要叫她，却又被她脸上的表情刺痛了一下。

那幽幽在发呆，她看着旁边的一家三口，看着那个爸爸把已经七八岁的女儿抱进了购物车里坐着，然后还低头检查她是不是坐好，顺便吻了一下女儿的头发的时候，她眼底的那丝伤感与羡慕再也掩饰不住了。她上一次和家人逛超市，已经是很久之前的事情了。大概可以追溯到她还像那个女孩那么大的时候，那时候他们一家三口去超市，爸爸也是那样抱着她让她坐进购物车里，然后推着她走呀走，买她喜欢吃的东西和玩具。那时候……真幸福呀。

梁晓湛不知道她想起了什么，只觉得她的表情让他感到难过，于是赶忙打断她的发呆："怎么发起呆了？快过来。"

"哦，来了。"那幽幽几乎是瞬间就收好了脸上那种羡慕得有些脆弱的表情。就像一只小小的刺猬，刚才忽然露出了最脆弱的肚皮，而此刻，她又翻过身去，武装好了她的刺。

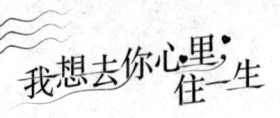

三

"这个便宜,买这个!"对于总是为三餐发愁的那幽幽来说,即便梁晓湛已经说了想要什么随便拿,那幽幽还是专门去打折区里逛。后来梁晓湛终于受不了,她每拿一个打折品往车里放的时候,他就悄悄地拿出来,然后换上好的、新鲜的。

那幽幽拿每一样东西的时候,心里是算着一笔账的。现在她吃他的住他的,绝对不能太浪费他的钱。而且,她也有点儿害怕,自己要是太浪费了,万一他没办法再供她了,那她岂不是还得回到大姑家?哦不,她才不要回去。

那幽幽并没有注意到梁晓湛悄悄把她拿的打折品都给换掉了,结账的时候,她一头雾水地问:"咦,会不会搞错了呀,怎么这么贵?"一点儿肉,一点儿米面,一点儿蔬果水果就花了三四百,这也太贵了吧?

"没错。"梁晓湛平静地将购物小票放进钱包,没打算让她看。

"可是我怎么觉得被坑了呢?"那幽幽还是想去找工作人员弄明白,梁晓湛赶忙一手提购物袋,一手抓住她的胳膊转移她的注意力:"快点儿吧,我饿了。不是还要回家做饭吗?"

"那我们下次再也不来这个超市了,太贵了!"那幽幽此刻气呼呼的。她已经完全忘记了刚才在超市门口的那点儿伤感,心里想的是梁晓湛被坑了。

"你多久没来超市了?"梁晓湛看着她气鼓鼓的样子,不知道为什么觉得心情很好。

"最少有四五年了吧,也许更久。"这七八年来她极少再进超市了,一是因为没有钱,再有是怕看到别人一家人整整齐齐的,而自己一个人,难免会忍不住想念爸爸妈妈。不过今天不知道是不是因为身边有梁晓湛的关系,她好像并没有难过太久,"现在的超市都这么坑人了吗?就这么点儿东西居然这么贵!过分!"

看她还在为买贵了生气,梁晓湛脸上的笑容几乎都要收不住了:"不用计较这些。"

"但是你上班挣钱也很不容易呀。我都问过林染墨了,做警察薪水不高的。"那幽幽停了停,又说,"叔叔,我保证听话,也保证认真学习,所以让我回普通高中吧,普通高中学费便宜。"

"我考虑一下。"梁晓湛脸上还是一片平静,心情却出奇地好。没想到这小家伙看起来那么桀骜不驯,但心里还是总为他着想的。居然还去打听警察的薪水有多少,真是……可爱的想法。

回到家里,趁那幽幽做饭的时候,梁晓湛把房间彻底打扫了一遍。两个人各自忙碌着没有说话,却都觉得格外安心自然,就像是他们并不是第一次这样相处一般。

饭后,那幽幽知道自己再待下去可能会妨碍梁晓湛补眠,就主动提出要回学校去。

结果,在去学校的路上,她又在梁晓湛的车里睡着了。

到了学校门口,梁晓湛没有叫醒她,只是靠在椅背上闭目养神,等她自己醒来。

"那是谁的车?好破呀。"几个女生从梁晓湛的车旁边经过,评论了一句,忽然又惊讶起来,"呀,那不是野丫头的哥哥吗?长得好帅!"

"真的呀。睡着了都这么帅气,睫毛好长好翘呀。"

"是呀!上次我就听他们班的女生说了,她的家长特别帅。"

"真不知道她哪里来的福气,居然有那么帅气的哥哥。"

在那几个叽叽喳喳的女生走远后,梁晓湛才慢慢睁开眼睛,他转头看了看还在熟睡的那幽幽,眼神渐渐幽深起来。

车里的气氛因为梁晓湛的低压情绪冷了下去,不知道那幽幽是不是感受到了,她忽然睁开眼睛坐了起来:"呀!我睡着了。我是不是迟到

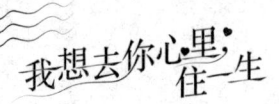

了?"

"没有。"梁晓湛打开车门下车,将后座上她的书包和给她带的零食、水果都拎了出来,"走吧,送你进去。"

"我自己进去就行,你快回家睡觉去吧。"那幽幽觉得他的心情似乎不太好,还在猜测是不是因为昨晚没有睡觉的缘故。

见那幽幽坚持要把书包抢过去,梁晓湛也没再坚持,把东西都递给她:"在学校里要懂得保护自己,不许欺负别人,但也不要被别人欺负。有什么事要给我打电话。"

"好。再见。"那幽幽觉得周围返校的女生看梁晓湛的目光都很花痴,她想让他快点儿离开,于是说了再见后便快步往校门里跑。

梁晓湛看她瘦小的背影跑远后,才回到车上,他给陆之杉打了个电话:"之杉,今天休息吗?晚上出来喝一杯吧。"

"行。"陆之杉刚从一幢老旧的居民楼里出来,俊秀的眉深锁着,很不满意今天看到的房子。林染墨身体不好,不能长期住在学校宿舍里,半夜有什么情况的话,林染白也不方便照顾。

林染白曾问他自己可不可以在学校外面租房子住,她会自己去赚房租。

陆之杉表面上没说什么,但心里是不肯让她放下功课去打工的。他让林染白什么都不要管,他会帮她办好。可今天他都转了一天了,学校附近都是很老旧的小区,房子软件不好,硬件设施也不好,想要找到一个合适的房子还真是不太容易。

陆之杉也不知道自己为什么要对林染白的事情那么上心。他把这视为一种资助的责任。但在他看中了一套急售的房子,并费了些周折买下来准备给林染白姐弟住的时候,他完全没有意识到,若只是视为资助的对象,他其实是不必这样上心的。

林染白姐弟俩都没主动向陆之杉说起过他们为什么成了孤儿,但陆之杉还是悄悄地查了一下:林染白姐弟俩的父亲不但是个酒鬼还是个赌鬼,在一次酒后驾车事故中当场撞死了一对夫妻,而且自己也在事故中身亡了。而没过多久,因长期受到丈夫暴力而抑郁的林妈妈也选择了自杀,林染白姐弟便成了孤儿。这本来并没有什么奇怪的地方,可奇怪的是,林染白姐弟俩竟然和被他们父亲撞死的那对夫妇留下的孩子,也就是那幽幽,成为朋友。

陆之杉相信林染白是个正直善良的女孩子,他其实有点儿担心那幽幽,那个女孩古灵精怪,一看就是心思活跃的,他怕那幽幽对林染白姐弟有什么报仇之类的想法。

四

晚上与梁晓湛见面的时候,陆之杉犹豫了一下,决定还是问一下那幽幽的情况:"那个女孩,怎么样?"

"什么怎么样?"梁晓湛给好友倒了一杯啤酒,心里想的是要不要给那幽幽转学的事情,他怕她在学校受欺负、被奚落,要不他下次回父亲那边开他原来的车去接她?但那样会不会很刻意?现在的学生到底是怎么回事,穷也能成为被欺负的理由了?

"那幽幽。那个叫那幽幽的女孩,她还好吗?"

"嗯。很好。"梁晓湛只一眼,便看出了好友有些欲言又止,"有话直说吧。"

"知道幽幽父母的死因吗?"陆之杉想了想还是和盘托出,"她比林染白小,看起来却比林染白要老到世故。你不想知道为什么吗?"

还能为什么?那幽幽遇到那嘉英那样的一家,如果她不学会老到世故,她该如何应付?但身为好友,梁晓湛知道陆之杉要说的绝不只是那幽幽的老到世故:"你查了?"

"八年前,平江路那里发生了一起酒驾伤人事件。酒驾司机驾车撞向了一个水果摊,正在摊位买水果的一对夫妻当场身亡,酒驾司机也死了。那对被撞身亡的夫妻的女儿幸免于难。那对夫妻便是那幽幽的父母。"陆之杉顿了一下,才继续说道,"酒驾司机,是林染白的父亲。"

八年前?

梁晓湛努力地回忆着八年前自己在做什么,他那时才十四岁。平江路,似乎有点儿印象……梁晓湛沉吟了一会儿,猛然瞪大了眼睛,他想起来了!

八年前,家里的司机载他经过平江路的时候,因为堵车掉头选择了别的路,那里似乎发生了一起严重的车祸。

他在车里看到马路上围满了人,而一个女孩被人群挤倒在路边,她一边往人群里望一边哭。他趁司机掉头的时候下了车,把女孩扶了起来,告诉她人多的地方比较危险,问她的爸爸妈妈在哪儿。女孩哭着指了指人群,梁晓湛那时还以为她的父母在围观的人群里,却没有想到她的父母就是躺在地上的人。

那天他似乎急着要去做什么,所以并没有多停留。原来那才是他和那幽幽的第一次见面。

对了,当时外婆病危,他赶着去医院见外婆最后一面。三天后在殡仪馆里,他又见到了那个小女孩。他与外婆感情深厚,心里极难过的他避开众人独自发泄、落泪。而那时的那幽幽正蹲在走廊的角落里哭泣。

当时,他兜里还有一块奶糖,是他特意带来的。在他小时候每当难过时,外婆总会给他一粒糖,说:"吃了糖就甜了,就会开心了。"可是,那天他吃了一整袋糖,还是觉得非常难过。

他把最后一块奶糖给了她:"不要哭了,糖是甜的,吃了糖就不会那么难过了。"

他那时候已经长大,心里很清楚就算糖再甜,吃了之后还是会难过……

想到这里,梁晓湛失笑,原来是故人呀。

第五章 那幽幽的十七岁生日

陆之杉不知道梁晓湛笑什么,一脸莫名其妙地问他:"笑什么呢?怎么了?"

"没什么。"

"小丫头没折腾你?"陆之杉有点儿不相信,林染白都够难搞的,那幽幽看起来可是比林染白难搞多了。

"没。"那幽幽不但没有折腾他,还听他的话好好用功读书,还给他做饭吃,还总想着帮他省钱。

"不对呀!你这笑……"陆之杉看着梁晓湛的眼底,竟然有不易觉察的笑意,开始调侃他,"捡到宝了?"

梁晓湛没有回应陆之杉的质疑,反而直截了当地问他:"你在担心什么?担心她会对林染白怎么样?"

陆之杉没说话,只是停下筷子看了梁晓湛一眼。因为陆之杉误解了那幽幽,梁晓湛忽然有些来气:"要报复她会等到现在?"他那时给她钱让她去打疫苗,她却拿去给林染墨治病,这是什么样的报复方式?陆之杉想得太多了吧?

"我只是说按正常情况来看。或许他们现在并不知道父母的事情。"事关林染白,他就总不由自主地想得多了一些。

"你是不是对林染白有点儿意思?没见你这么积极过。"梁晓湛一针见血,眼睛死死地盯着陆之杉的眼睛不放。就算梁晓湛再迟钝,也看出来了陆之杉对林染白有点儿不一样,过去可从没见过他关注过任何一个女孩子。

"喂,她还只是个学生!"

"知道还是个学生就好。说好了是资助上学,别让我不好交代。"梁晓湛叮嘱道。他主要是怕如果那两个人有什么问题,那幽幽来质问他,他还真不好解释。明明说好他一个人资助他们三个,后来陆之杉硬把林染白接手了,为此那幽幽还追问了几次陆之杉的人品、工作、家庭之类

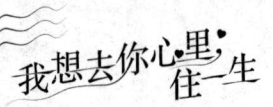

的情况。

　　陆之杉的人品，梁晓湛自然是信得过的。只是现在知道了那幽幽与林染白父母的事情之后，他决定还是先不让那幽幽转学了。

　　万一他们还都不知道父母的事情呢？住校毕竟还能减少一些他们见面的机会。

　　"你外公现在还管理学校吗？"梁晓湛决定无论怎样都要给那幽幽出口气，学校里嫌贫爱富的风气还真是让他看不过去——说到底，还是怕那幽幽被看不起。

　　"他上了年纪，很少管了。我父亲偶尔会去看一看。"

　　陆之杉的父母一个是画家，一个是大提琴手，对于接管教育事业并无兴趣。

　　"校风有点儿问题。如果你外公还有精力，最好能看一看。毕竟枫叶女中飘摇近百年不易。"梁晓湛从没和陆之杉提过当年姚卉的事情，是他自己暗中调查，并给校方施加了压力：在校学生将其他同学欺侮得精神有问题并且退学这种校园欺凌事件，对于一个名校来说，若传了出去，百年名声必定毁于一旦。

　　梁晓湛与陆之杉喝着啤酒聊着天，两个年轻的男人都丝毫都没察觉，自己已经将资助的女孩当成极重要的人，都小心翼翼地想帮她们免受别人的伤害。

　　而对于那幽幽和林染白来说，他们就像是她们青涩且灰暗的人生中终于出现的那道光。

五

　　枫叶高中的管理与制度与枫叶女中相似，只是更严格一些，并且通过学费减免的方式招收一些成绩特别好的普通家庭的孩子。

　　那幽幽的新舍友，就是凭着很好的成绩以免一半学费入学的普通女孩,她叫吕依蕾。可就算是只有一半的学费,依然让吕家负担很重。

吕依蕾最大的特点就是特别努力,因为背负着父母所有的希望,所以压力也特别大。大概是这巨大的压力,让她看起来似乎有点儿神经质。

对那幽幽来说,吕依蕾与霸道任性的姚卉相比真是太好相处了,所以从开学到现在她都过得很舒心。巧的是,新的宿管老师又是一位单身女青年,在开学的时候见过梁晓湛一面后,便对那幽幽特别好,总是问她要不要给家长打电话。

那幽幽偶尔也应付宿管老师几句逗她欢心,告诉她梁晓湛因为工作忙一直顾不上谈恋爱什么的。就是这句没有谈恋爱,已经让宿管老师很开心了,于是在生活上对那幽幽又多照顾了几分。

周五下午,梁晓湛收到了学校放月假的通知短信后,就去找陆之杉借车:"你的车借我用一下。"

陆之杉痛快地把车钥匙给他扔过去才问:"你不是有车吗?"

"不是跟你说了吗?你家那个学校里的孩子们嫌我的车破欺负那幽幽呢。"梁晓湛说完接过钥匙就走了。

陆之杉和梁晓湛不一样,他没有刻意隐瞒过自己的良好家世,开的车子也是挺不错的越野车。而梁晓湛为了不沾父亲的光,刻意买了一辆廉价的二手旧车开。他自己本来一直是无所谓的,但是,听到其他女孩那样说那幽幽,他心里不高兴。

像以往放假一样,那幽幽没给梁晓湛打电话让他来接。她知道他工作忙,反正她也不能再回大姑家去了,所以她打算这个周末就住在学校了,等明天再出去见林染白姐弟俩一面就行了。

为此,那幽幽特意向宿管老师提出了留校申请,所以在其他同学纷纷离校的时候,她连校门都没出。

于是梁晓湛在校门外等了又等,看着一批又一批的学生被接走了,却迟迟不见那幽幽的影子。

他有些气愤地想:小丫头难不成又逃学了?他半担心半愤怒着下车

往学校里走。

梁晓湛出门急还没来得及换下警服,在他刚走过校门时门卫就追了过去:"请问警官,您有什么事?"

梁晓湛一愣,掏出证件给保安看了一下:"我是学生家长。没接到人,我要进去看看。"

保安一听,警察家长没接到自己的孩子,那还得了!梁晓湛前脚刚进去,保安后脚就打电话向领导说明了情况。

当梁晓湛走到那幽幽宿舍楼下的时候,副校长和宿管老师就奔跑着赶过来了:"这位警官家长,你好!"

六

梁晓湛停了脚步看向跑过来的人,一身警服的他面带冷色,看起来帅气又威严,宿管老师顿时红了脸,而副校长则冷汗涔涔——前两天老校董亲自来校召开重要会议,说枫叶女中最近出了严重的校风问题,枫叶女中都快成了"有钱女中"之类的,还说有民警家长反映,学校里存在嫌贫爱富的歪风邪气,如果不严肃校风就不惜换领导班子之类……

想到这些,副校长的脸上又多出了几分讨好与诚恳:"请问警官您有什么事吗?"

"你好,我是高一(5)班那幽幽同学的家长,我收到学校放假两天的通知,但是我在校门口没有接到她,所以进来看看是怎么回事。"

梁晓湛平静地陈述事由,但或许是因为他对那幽幽的担心,眼底含着一抹隐忍的严肃,副校长马上反应过来,回头去问宿管老师:"怎么回事?"

宿管老师看着梁晓湛毫无表情却俊朗逼人的脸,面带娇羞地愣了一下,才想起回答:"那幽幽同学还在宿舍里,她申请说放假不回家要留校,所以我也申请了值班陪她呢。"她故意多说了一句自己也申请了值

第五章 那幽幽的十七岁生日

班陪那幽幽，想博取些好感。

梁晓湛一听说那幽幽还在宿舍里，一颗心落了地，面上也有了笑容："哦，是这样，那有劳老师费心了。她大概是以为我没空来接她，现在请帮我去叫她下来吧。谢谢你。"

梁晓湛这礼节性的微笑看在宿管老师的眼里，已经是如沐春风了，特别是他那句"谢谢你"，让她的脸又红了一分："不客气。你稍等一下，我马上去叫她。"宿管老师往楼上跑的时候，心里还在想，那幽幽的哥哥真是绅士呀，明明已经走到宿舍楼下了，也不像其他家长那样不懂规矩愣往楼上跑。

副校长见梁晓湛的脸色由阴转晴，顿时也放心了。梁晓湛得知那幽幽并没有逃学，心情也轻松了，便与他寒暄了几句，比如那幽幽同学给你添麻烦了之类的，那关心护短的样子，都让副校长忽略了这位家长也太年轻了之类的想法。

上车后，那幽幽才发现车好像不一样了："咦，这不是你的车呀。你的车呢？"

不会是抓贼的时候撞了吧？他有受伤吗？

"我的车送去修了。"梁晓湛看了那幽幽一眼，那个这小姑娘是不是植物的想法又冒出来了，因为她好像又长高了。

"你撞车了？严重吗？"那幽幽的声音一下高了半度，一双墨眸也往梁晓湛身上打量。果然这小警察就是那种工作拼命的人。

"没撞。"梁晓湛有点儿小郁闷，借车来接她本来是为了不让她被同学看低，她倒好，疑心他把车撞坏了？

"哦。"那幽幽太善于察言观色了，她马上感觉到了梁晓湛的不爽，于是闭嘴不再说话。

梁晓湛用眼角余光看了一下她的校服，问："给你买的衣服怎么不穿？"

"哦，忘了。"呃，其实是有点儿不舍得穿。每件衣服都好几百块，她长这么大还没穿过那么好的衣服，想到这里，那幽幽犹豫了一下，终于还是说出口："那个……你以后不要给我买那么贵的衣服了。"

第六章

家的温度

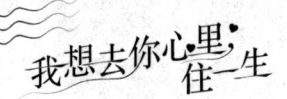

一
―――――――――――

小姑娘哪有不喜欢漂亮衣服的?

梁晓湛记得,白悠然还因为没买到一条喜欢的裙子哭过呢。所以,他挑了一下眉,淡淡地问:"为什么?"

"我有校服呀,一年有四套呢。而且好像最近我长得比较快,那么贵的衣服没穿几次就小了。"那幽幽小心地斟酌字句,担心自己如果说他穷会伤他的自尊心。

"衣服小了再买就行了。明天我休息,去给你买新的。"梁晓湛隐约察觉到了那幽幽的意图,综合她所有的表现,这小姑娘是怕自己太穷供不起她上学吗?

"不用不用,上次买的都还没穿呢!"那幽幽终于忍不住了,"那个,我认真地和你说哦,你不要乱花钱好不好?这样会变得很穷的。"就像她大姑一家,不但好赌,还没有理财意识,有钱的时候就乱花,明明可以比别人过得好,结果却穷得要命。

"你很怕我穷?"

梁晓湛面无表情,语气淡淡的,那幽幽却莫名地听出了一点儿小小的危险,不过她觉得省钱这件事情真的很重要,所以她无论如何都得提醒他:"当然呀,你要是穷了谁供我上学呀?而且不是我说你哦,你真的没有什么经济意识,哪能遇到别人有困难,就答应供人上学呢?那得多少钱你知道吗?万一我们都是骗子呢?"

梁晓湛听她这么说,故意逗她似的说道:"那你是小骗子吗?"

"我当然不是骗子呀。"那幽幽马上否认,有点儿气呼呼的,她要是骗子,能跟他说这些话?

"那你为什么骗校董说我供不起你上学?"

刚才在楼下等那幽幽的时候,副校长对他说校董已经在研究免除那幽幽同学一半学费的事情,但前提条件是那幽幽同学的成绩要足够好,而且需要家长出一份收入证明什么的。

"那个……"那幽幽一时语塞。

现在的她很努力,成绩一直在上升,所以她就跑到校长室那里说自己父母都不在了,哥哥是警察,收入不高,希望能申请减免学费什么。她说得很恳切,宿管老师也帮忙证明,校方便答应予以考虑。她没想到的是校方行动这么快,才两天就已经找梁晓湛说了这事儿了?

"我能供你上学,没问题的。你别想那些有的没的,顾好功课就行。"

"可是……"那幽幽还想争取一下,她偷看了一下他,见他板着脸,一时间摸不准继续说下去会不会伤他自尊,于是咬了咬嘴唇没再说话。

梁晓湛故意继续板着脸:"没有'可是',你只管执行就好。"

"我又不是你的小兵……"那幽幽用小得几乎听不见的声音嘟哝了一句,梁晓湛隐约听见了,只想觉得她这想反抗又不敢的样子很可爱,心情于是又好了几分:"晚饭想吃什么?"

听到吃,那幽幽的双眸顿时明亮起来:"想吃什么都可以吗?"

"嗯,想吃什么都可以。"

"想吃面条。"那幽幽说,"可以去吃面条吗?"

这么兴奋的表情,就是为了吃个面条?梁晓湛有点儿失笑,爽快地答应了她:"好。想吃什么面条?"

"平江路那里,有一家酸菜鱼汤面,很好吃的。"那幽幽说着,觉得口水都要流出来了,一高兴就将自己的心事说了出来,"每年我生日的时候,爸爸妈妈都带我去吃。"不过后来她没再去吃过……不仅仅因为她自己没钱去吃,还因为爸爸妈妈就是在她生日那天带她去吃了面之后才出事的,他们提着蛋糕准备再买些水果回家给她过生日,结果就在水果摊边……

那天之后她就再也没过过生日了。

不知道是潜意识里刻意遗忘还是真的太久远了,她已经快忘记自己的生日是什么时候了。今天放学的时候,她去向宿管老师申请留校的时候,宿管老师好奇地问了一句:"今天是你生日,你也不回家吗?"她才忽然想了起来。

那幽幽的语气平淡,梁晓湛却听出了那无法言说的伤感来,他"嗯"了一声:"带你去吃。"

可那天他们并没有吃到酸菜鱼汤面。

城市的变化速度巨快,七八年过去,平江路早就变了样,小路变成大路,街道两边的店铺都拆迁了,变成了大型购物中心和高级饭店,而那家由一家四口经营的酸菜鱼汤面,也不知道是结业了,还是搬迁了。

"没关系,那我们吃别的吧,或者回家去做吧。"

梁晓湛又开着车在平江路上转了两圈,那幽幽虽然有些失落,但看到梁晓湛焦急的黑脸,还是赶紧出言安慰:"其实那个面也没有什么好吃的啦。"

"嗯。"确认了平江路并没有这样一家面馆后,梁晓湛的心里更难受了,小姑娘过生日了,想父母了,想吃以前的饭了,他却没有办法满足她的小小心愿。

二

"喂,这里的菜都好贵。"那幽幽用巨大的菜单挡着小脸,悄悄地对梁晓湛说。

服务生就站在旁边,优雅得体地微笑着。

"想吃什么?还想吃酸菜鱼汤面吗?"梁晓湛将那幽幽带到了一家极负盛名的饭店里,他想给那幽幽补偿,今天是她十七岁的生日,他应该好好给她过。

"点菜单上的就好啦,要是让人家特别做,会更贵的。"在这种连地板都闪着光芒的地方,那幽幽本不想表现得太过小家子气给梁晓湛丢脸的，但她实在是被菜单上的价格给吓着了……

梁晓湛没有理会那幽幽，转头对服务生说："去问问厨房，会做酸菜鱼汤面吗？会的话做一份。还有，要一个蛋糕，过生日的那种。一份水晶虾仁，一份雪花牛柳，再加一份鱼丸豆腐汤。"

梁晓湛每点一个，那幽幽就扫一眼菜单上的价钱，一阵阵觉得肉痛加担心。他还点了蛋糕，还指定了要过生日那种！菜单上一块蛋糕都已经快上百块了，他要一个完整的生日蛋糕那还得了！人家不当他是冤大头才怪！

梁晓湛点完菜，看那幽幽一张小脸正焦急地左右张望，便问她："看什么呢？"

"看一会儿你付不起账的时候我要往哪儿逃。"那幽幽一不留神竟将心里想的话说了出口，还往前凑了凑，很小声地对梁晓湛说，"你真的看到价格了吧？"

"嗯。"梁晓湛应得随意。

看那幽幽担心的模样觉得有趣，于是又逗了她一句："要是付不了账，你打算往哪儿跑？"

"当然是直接往门口跑呀！唉，也不知道这里的保安多不多，我能不能跑掉。"那幽幽很发愁地又望了门口一眼，心想跑进电梯不知道可行不可行。

"哈。"看她一脸认真地思考逃跑路线的样子，梁晓湛终于没再忍住，轻笑了一声。

他甚少这样开怀，那笑容就像浸满阳光般发出光芒。

只是这光芒还没散发多久，梁晓湛就恢复了平时的冷淡："放心，你不会把我吃破产的。"

那幽幽嘴上仍不服气地嘀咕了一句："吹牛。"

那幽幽声音不大，梁晓湛却听到了，不过他却不打算多做解释，毕竟，他一直不想太多人知道他的家世。

最后，酸菜鱼汤面还是送上来了，而且味道不错。

那幽幽已经很饿了，没一会儿，一大碗酸菜鱼汤面下了肚，水晶虾仁和雪花牛柳也都消灭了一大半，又喝了一碗手工鱼丸汤，这才摸着滚圆的小肚子慢慢地扭了一下身体，找到一个舒服一点儿的姿势坐好后，眼睛还盯着那个刚送上来的精致大蛋糕看："这里应该能打包的吧？"

贵的地方总归是有贵的好，菜都特别精致，也特别好吃。她已经饱了，可是还想吃，又怕撑得走不动路的样子在梁晓湛面前丢人，于是就眨巴着眼，看一眼梁晓湛又看一眼蛋糕。

梁晓湛淡淡地应了一个"嗯"，这才低头继续吃饭。

梁晓湛平时吃饭的速度很快，但每次跟那幽幽一起吃饭，总是会被她吃饭的速度给惊到，心里都会有一种心疼她的感觉：她吃得这样快，是因为以前没办法细嚼慢咽地好好吃饭吧……

晚饭后梁晓湛把那幽幽送回了自己家里，将她带到门口后，他便站住了："我今晚还要值班，就不进去了。蛋糕吃不下就放到冰箱里，门窗都反锁好，不要给陌生人开门。"

他在路上其实有想过，到家陪她一起点蜡烛切蛋糕的，但此时已经快十点钟了，他怕会让她有不安全感，所以，便决定连门都不进去了。

"哦。"其实那幽幽也有一点点害怕的。

在大姑家，酒醉后的姑父与表哥长年来给她造成了不小的心理阴影，她害怕和成年的男子靠得太近，更害怕和他们待在同一个屋檐下。听梁晓湛这样说，那幽幽的心落了回去，但不免又觉得自己鸠占鹊巢：她住了他的房子，还把他"赶"出去了。

梁晓湛把手上的书包和蛋糕递给她："进去吧。"

"好。"那幽幽开门进了屋，正要关门的时候，却被梁晓湛叫住："那幽幽。"

那幽幽回过头来："什么事？"

"生日快乐。"

这四个字梁晓湛说得极快，快到那幽幽疑心自己听错，只见他用堪比光速的速度离开，人转瞬便消失在楼梯的拐角，只有他的声音还在楼道里回荡："快进去！记得把门窗反锁好。"

那幽幽很听话地关上门反锁好，然后才慢慢反应过来，心也渐渐暖起来，已经许久没有人跟她说"生日快乐"了。

站在楼下的梁晓湛，回头看着自己家的窗户亮起了灯，嘴角也不自觉地微微扬起。

三
——————————

第二天中午，梁晓湛接到了那幽幽打来的电话："那个……我今晚可不可以申请不回来住？"

梁晓湛昨晚值夜班，这会儿趁午餐时间正在会议室里休息，一听那幽幽这话，"唰"地一下从临时用几个椅子拼成的"床"上坐起来："原因。"

"今天下午林染白和小墨也放假了，我想去看看他们。他们上次告诉我说租到房子了，我想今晚我可以和他们住在一起。"那幽幽觉得自己的这个理由挺正当的了，但还是又加了一句，"我今天会把作业全都写完再去的！"

"不同意。"

梁晓湛干脆利落地说出了这三个字，且不论他们上一辈的恩怨她是否知情，林染白一看就是个特别有主心骨的丫头，他担心让他们凑到一起，又会跑去打个临时的小工也说不定。

"为什么呀？"那幽幽一急，脱口而出，"我又不是去做什么坏事！"那幽幽实在想不通他有什么拒绝的理由。

"我说不同意就是不同意。我今天五点钟下班，我载你过去见他们，带你们一起去吃饭。吃了饭你就跟我回来。"

梁晓湛语气十分坚决地说了自己的决定,连他自己听起来都是霸道得不容置疑。但如果这时候有人仔细地观察他的眼睛,就会发现他眼底有淡得几乎可以忽略的温柔。

"那……好吧。"那幽幽应得很勉强,她将电话还给楼下小超市的老板娘时,没忍住吐槽了一句,"小警察是不是有病呀?真以为他是我家长呀。出个门都不行……阿姨,电话还给你,谢谢啦。打这个电话要收多少钱?"

"给五毛钱吧。都什么时代了,你家长咋不给你配个手机呀?"小超市的老板娘没见过那幽幽,听她说要出去过夜时,只觉得这个小女生爱玩又不听话,便又多嘴说了一句,"小姑娘,别怪阿姨说你哦,小姑娘不可以在外面过夜,你家长是对的啦。"

那幽幽没想到自己不但被梁晓湛拒绝还要被一个陌生的阿姨教育,一时哭笑不得,只好点头称是赶紧逃跑。

她不知道的是,她和老板娘的对话被还没挂断电话的梁晓湛全都听了去。

梁晓湛倒没有介意那幽幽的吐槽,而是想到那位老板娘的话——是不是应该给那幽幽配个手机呢?这样他可以随时找到她,必要时也可以通过手机定位知道她有没有乖乖地待在该待的地方。不过,学生用手机也不好,前几天他就接到一个案子,女学生用手机软件网恋,结果跑出来见网友差点儿被骗了。

那幽幽不知道,自己能拥有人生第一部手机的机会被梁晓湛一个念头就轻易扼杀了。所以,当天晚上她见到林染白,发现林染白有了一部新手机之后,"哇"的一声抢了过来:"哇!林染白你发财了?"

"没有。"

林染白看了一眼跟在那幽幽身后的梁晓湛和陆之杉,眼神不由得沉了下去——这两个小警察是怎么回事？一个紧紧跟着那幽幽，另一个不但给她租了房子还送了部手机给她，说是方便在小墨有事的时候随时联络，这理由听起来倒是挺合理的，不过，以她在社会上摸爬滚打多年的人生经历来看，无事献殷勤，必起妖风！他们有什么目的？如果没有目的，那这两个小警察都是地主家的傻儿子，专门给她们送温暖来的？可朗朗乾坤，世道残酷，哪儿来这么多钱多人傻的主儿？

那幽幽自然也知道林染白不可能有什么横财，就算有钱了也是要给林染墨治病而不会去买一部手机，所以，她趁别人不注意，悄悄地靠近林染墨："小墨，是哪个男生给你买的？"

林染墨没有说话，只是看了陆之杉一眼，然后与他极默契的那幽幽便对一切了然于心：林染白的手机是陆警官送的？天哪，现在的警察叔叔都这么好吗？

"我要去打工，晚饭我不和你们一起吃了。幽幽，吃完饭把小墨送回家，然后给我打个电话。我十点左右就能回来了。"

林染白一边说话一边从书包里掏出折叠的滑板打开放在地上，正准备踩上去时突然被陆之杉一把扯住了书包带："不是说不用打工了吗？给你的生活费不够吗？"

"只是周末才去，平时没有去的。"林染白冷着脸对陆之杉说。

那幽幽是明白林染白的想法的，小墨治病需要很多钱，林染白不想除了上学，还让陆之杉掏钱给小墨治病。而且，林染白早已知道任何人都不如自己靠得住。

"就那么缺钱吗？"陆之杉似乎也有些生气，他明明说过，只需要她好好用功读书就可以，如果还感觉过意不去，他还同意让她打借条，等以后大学毕业后工作了再还钱就行。

最重要的是，现在已经傍晚了，她一个女孩子还要去打工，而且要晚上十点后才回家，这能安全吗？

"对。"林染白也并没有生气，只是淡淡地承认了，"像你这样不

曾缺钱的人,大概不会懂得有钱是多安全。"

那幽幽从这样的低气压里感觉到林染白应该已经非常生气了,可陆之杉似没有察觉般道:"别去了。你需要多少钱,我借给你。"

"不用。"林染白真的不喜欢陆之杉这种公子哥儿的态度。**借钱**也是要还的好不好?她周末去打工送个外卖到底有什么不对?但是,她懒得跟他解释。

林染白那张冷到要结冰的脸,真让那幽幽担心她会随时和陆之杉打起来,幸好,陆之杉最后并没有坚持,而是放开了扯住她书包带的手。

林染白瘦削的身影迅速消失在道路转角处,那幽幽伸手摸了摸林染墨的脑袋:"今天想吃什么?"林染墨盯着已经赶上了自己个头的那幽幽,笑了:"你长高了。"

"对呀,我是不是很厉害,不到一年就长了这么多哦。"现在,她终于能像个真正的姐姐一样摸一摸林染墨的头,这感觉让她很兴奋很满足,她再也不会被一个比自己小三岁的小屁孩给比下去了。

四

晚饭的时候,梁晓湛与陆之杉两个作陪的"监护人"悠哉地喝着啤酒,有一句没一句地聊着天。

而那幽幽则一边大吃大喝一边不断地给林染墨夹菜:

"小墨,这个好吃。"

"小墨,这个营养高。"

"小墨,这个可以提高免疫力!"

那幽幽这种饿疯了似的吃饭的样子,梁晓湛之前当然见识过,但那都是在她特别饿的情况下,难道她今天中午也没吃饭吗?不行,一会儿得好好说说她,冰箱里那些食材本来就是买给她的,她该不会是不敢动吧?那幽幽有这么矜持?

第六章 家的温度

梁晓湛这么想着，就多扫了那幽幽几眼……也顺便观察了一下正被那幽幽热情招待的林染墨。

因为生病的原因，林染墨比同龄的男孩要孱弱一些，但身高不算矮，之前甚至比一直营养不良的那幽幽要高一些的。林染墨像他姐姐一样，生得很好，但又与他姐姐不同，林染白生得眉目英气，有些女生男相，而林染墨则眉目俊秀，是属于男生女相那种男孩子。长大了，想必相貌极出众。

"小墨，你得病的情况，可以说说吗？"

梁晓湛开了两瓶果汁，先递给那幽幽一瓶，又递给林染墨时装作很随意地问了一句。

林染墨的眼睛似瞬间暗了一下，随即又明亮如初："先天性心脏有些问题，所以体质也比较弱。想要活得久一点儿的话，得做手术。"他语气平静，说得轻描淡写。他没有说的是，从小给他看过病的所有医生都说，他这样的情况活到成年都很困难。

"小墨，你别担心，我和染白会努力帮你把病治好的！"那幽幽喝了一口果汁，放下瓶子伸手揉了揉林染墨的头发，"有我们在，不用怕哈。"

"没怕。"林染墨只短短地回了那幽幽两个字，看着她时，眼睛却微微地弯了起来。

两个人简单自然的互动一时也让梁晓湛与陆之杉都有些唏嘘：他们之间，知道对方父母的事情吗？

饭后那幽幽三人将林染墨送回了家，等到九点多钟林染白竟然还没有回家，陆之杉脸一沉出去找人去了。十点半钟陆之杉才把林染白带了回来，两个人表情阴阴的，看起来都不是很高兴。但林染白回来了，那幽幽也放心了，才终于肯跟着梁晓湛回去。

"你和他们姐弟俩认识多久了？"这问题在梁晓湛心里转了一整晚

了,等红灯的时候,他终于问出了口。

"七年了吧。"

这七年来,林染墨生病、晕倒,甚至被宣布病危都是他的生活常态。那幽幽一直觉得自己是看着林染墨长大的,也是看着他一次又一次地从死神手里逃回来的。所以她坚定地认为不应该让林染墨这样坚强又聪明的小孩死掉。凭什么那么多坏人都好好地活着,林染墨这么好的小孩却要年纪轻轻就结束一生?

"你们是怎么认识的?"梁晓湛让自己的语气听起来随意一些,不想让那幽幽觉察到什么。

"那时候大姑他们一天到晚都不回家,我很饿,有一次出去找吃的,就认识了。"

回想起来,她跟着大姑生活半年的时候,就已经开始有上顿没下顿的日子了。

大姑一家在拿到她父母的存款和房子后,一家三口都在外面日夜不分地赌钱,很少回家,家里更是没有什么东西可吃。她饿得没有办法,就趁天黑的时候出去翻垃圾,结果,就认识了同样在翻垃圾桶的林染白和林染墨。当时林染白刚刚十一岁,而林染墨只有六岁。那时候他们的妈妈还在世,不过精神已经失常了,境况很糟糕。林染白领着林染墨捡垃圾卖钱,过得很惨。

"那……他们的父母呢?"

梁晓湛有些犹豫,但还是问出口了。是否知道当年真相这件事情真的很重要。

"都死了呀。"那幽幽回答得挺轻松,用类似没心没肺的语气来掩饰内心点滴涌起的难过,"他们像我一样,都是孤儿。我还好一点儿,大姑还肯收留我。他们的家都被债主瓜分了。"

"没人管?"

像林家姐弟这样未成年的孩子,总会有人出面接收吧?

"福利院的人也曾去找过他们姐弟，但林染白怕小墨接受不了，不愿意去。阿姨去世的时候，保险好像赔了一点儿钱，但是早就花光了，不过即使没花光也不够小墨做手术的……"

那幽幽现在回想起来，林染白虽然表面高冷，但其实心地真的很好。在那种窘迫的环境下，看到自己挨饿，却还是愿意分给她一口吃的，后来还带着她打工赚钱。她有时候想，如果没有林染白，她都不知道自己能不能活到今天。

"你知道……他们父母是怎么去世的吗？"

"阿姨是抑郁症发作自杀的，小墨的爸爸不知道是怎么去世的。他们似乎都不喜欢他们的爸爸，所以从不提起他。不过呢，我知道阿姨身上全是伤疤，林染白身上也有很多伤疤。林染白说全都是被她爸打的。"那幽幽说着，轻轻地叹了一声。

"小墨的病有多严重？"看来，他们还都不知道林父与那幽幽的父母死于同一场车祸，而肇事人正是林父。梁晓湛没再问下去，而是转移了话题。

"很严重。医生总下病危通知书，还说他活不到成年。不过小墨很厉害，每次都挺过来了！"那幽幽停了一下，忽然说，"我想考医学院，将来做医生。希望小墨能等我给他治好……"

"因为小墨，所以想做医生吗？"

"做医生收入也高呀！这样我就有钱还给你了。呃……你是不是也觉得我考不上？"那幽幽有点儿自嘲，悄悄转头看了梁晓湛一眼，见他面色如常，甚至嘴角好像还有点儿微微翘起，好像挺高兴的样子，她顿时又觉得充满信心，"我会很努力的！"

小姑娘暗暗下决心的样子很可爱嘛，梁晓湛嘴角的笑容又上扬了些："考不上不给交学费！"

五

梁晓湛将那幽幽送到了门口,他打开门,把手里的包和零食递给她:"冰箱里的菜都是给你买的,想吃什么就自己做。"

"哦。"那幽幽小小地吐了一下舌头,冰箱里的食材都太高级了,她没敢乱动,就煮了两个鸡蛋,还吃了昨晚没吃完的小蛋糕。

想到小蛋糕,她忽然想起了什么:"你等一下!"

那幽幽小跑着进了屋,大门敞开着,梁晓湛往屋子里扫了一眼,发现里里外外都被她认真打扫收拾过了,心里顿时有些欣慰,小姑娘还挺勤快的。

"给你。"那幽幽将一个小小的袋子递给梁晓湛,"是昨天的蛋糕,特别好吃。我给你留了一块!"

"嗯,进去吧。门窗都要反锁好,天然气用完也记得关好阀门。"梁晓湛藏好了有些小感动的情绪,正色吩咐道。

"好。那么,再见。"已经是第二次了,梁晓湛将她送回来,却没有打算进门。

那幽幽莫名地又觉得和他在一起安心了一分。

"快进屋锁门吧。"梁晓湛转身下楼。

那幽幽忽然把他叫住:"叔叔!"

"怎么了?"梁晓湛迅速停住脚步回头,他今天穿着普通的休闲薄外套和长裤,眼神清澈而明媚,整个人在这样老旧的楼梯间里,在微黄温柔的灯光下,显得亲切又好看。

"明天吃过午饭我就回学校。你要是没空送我的话我自己去学校就行……那个……要是你有空送我的话,中午我做饭,你能回来吃吗?"

那幽幽说完之后,自己都觉得自己挺尴尬的。她现在吃他的、住他的、花他的钱上学,她总想着要回报他一点儿什么。让他吃顿家常饭这个她大概还做得来,所以……

"知道了，快进去吧。"

梁晓湛应这句话的时候面色如常，心里却正在快速疏理明天的工作内容，要抽出吃午饭和送她回学校的时间，想想时间还真挺紧张的，要不现在还是回去加个班吧，免得明天顾不过来……

第二天中午下班时间一到，梁晓湛就向组长请了假，说家里有点儿事，下午要晚点儿过来。可他刚走出大门口的时候，就被陆之杉一把拉住了："去吃饭吗？一起！"

"陆学长，我今天有事，你自己去吃吧。"梁晓湛果断拒绝，并跑向了自己的车。陆之杉看着他的小车子一溜烟地跑远，有点儿纳闷："一个'单身狗'，午饭时间能有什么事？"

梁晓湛回到家门口的时候就已经闻到了饭菜香，心里是满满的幸福感。

这种感觉，他好多年都没有过了。也许是从妈妈走后，他就再也没有这种渴望回家的感受了。

相识不过一年左右的那幽幽，为什么会给他这样的感受呢？难道，他已经把她当成了自己的家人了吗？

那幽幽午饭烧了个糖醋小排，又做了个红烧鱼、辣炒鸡丁、白灼菜心和一锅紫菜鸡蛋汤。

梁晓湛进门的时候，饭菜已经摆好了，他心里有莫名的感动，面色却平静得很："要是我来不了，这些你能吃完吗？"

"吃不完可以放在冰箱里等你晚上回来热了吃呀。"那幽幽看着菜的双眼有点儿发绿，她早餐只随便吃了一口，一门心思只想着赶紧准备午饭，忙活了一上午了，现在还真是饿了。

说完，她有点儿害怕梁晓湛怪她浪费食物，于是又加了一句："你每天工作那么辛苦，要多吃一点儿。"

梁晓湛终于看出来她是饿坏了:"你在长身体,也要多吃点儿。快吃吧。"

"好,那我就不客气啦!"

那幽幽似得了赦令般快速开动了,吃鱼的时候,梁晓湛真怕她狼吞虎咽的会被鱼刺卡到:"喂,你慢点儿!"

"嗯?"本来没什么事的那幽幽被他这么一叫,嘴里一个没注意,真的被鱼刺卡到了,"啊!"

"怎么了?"梁晓湛迅速放下碗筷,"鱼刺卡到了?"

"嗯……没……没事……喀!"那幽幽想用力咳一下把鱼刺咳出来,结果却适得其反,鱼刺好像卡得更深了……她强行忍着痛,说,"没事,我喝点儿水去。"

可两杯水喝下去,几大口米饭吞下去,她却觉得那刺痛感似乎更厉害了:"要不我喝点儿醋试试吧。"

这些经验都是长期磨炼出来的。

那幽幽的大姑家不喜欢吃鱼,她只在林染白家里吃过几次,也曾经有被鱼刺卡过喉咙的经历。

看着她痛得皱起来的小脸,梁晓湛整张脸都沉了下去:"别喝了。起来,送你去医院。"

"被鱼刺卡去什么医院呀?"那幽幽很奇怪地看着梁晓湛。

但那幽幽到底还是被梁晓湛硬拉着送到医院里去了。一位看起来极有经验的老医生在检查后说,那根鱼刺刺进了喉咙软壁的表面,不过送来及时,没有发炎。

医生熟练地用长镊子把一根不算细的硬鱼刺给取了出来,看了一眼鱼刺,又看了一眼全程黑着脸的梁晓湛,赶忙安抚了一下:"小姑娘大概是吃得太急了,鱼刺刺得有点儿深。我再给消毒一下,这两天别吃刺激的,一两天就好了,放心吧。"

"劳医生费心了。"梁晓湛仍然神情冷淡,但鱼刺取出来后,他的表情渐渐好些了。

"小姑娘，以后吃饭得慢点儿，又没有人跟你抢，是不是？"医生很快处理好了，还跟那幽幽开了个玩笑。

那幽幽心里尴尬得很，这些年来，她早就习惯了快速吃饭了嘛。

第七章

她要更努力一点儿,

她要救小墨

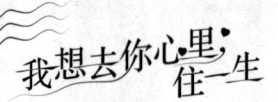

一
─────────────

从医院出来后,梁晓湛开车把那幽幽送到了学校。

在女生宿舍楼下,梁晓湛将书包递给她时,还不忘嘱咐了一句:"这两天不要吃硬的和刺激的东西,小心伤口发炎,还要多喝水。"

"幽幽怎么了?生病了吗?"远远就看到梁晓湛送那幽幽来上学的宿管老师差不多是小跑着过来刷存在感的。

比起那幽幽在初中部时的那位宿管老师,这位罗老师不如那位李老师长得好看,却比那位李老师要更加热情主动:"幽幽家长,你好,我是宿管老师罗美妍。"

"你好。"梁晓湛礼节性地打着招呼,目光却落在那幽幽似笑非笑的脸上:她笑什么呢?

"幽幽非常乖,也很用功,说明家长教育得非常好呢。幽幽呀,听说你月考又进步了。真棒!对了,你是不舒服吗?需要请假吗?"

罗美妍满脸温柔和关心地问那幽幽,她想争取在梁晓湛面前多表现表现。

"我没事,不用请假。谢谢罗老师。"那幽幽眼底的笑意更深,看来她的这位"家长"招桃花是不争的事实呢。

唉,都怪他长得太好看了。

"那我走了,有什么事给我打电话。"梁晓湛看了一眼表,嘱咐了一句就转身要走,罗老师突然出声叫住了他:"那个……幽幽家长,我们学校不许学生带手机,学生宿舍里也没装电话。那个……如果你要联系幽幽同学的话,可以打我的手机。"说着,她很主动地把一张写有她电话号码的精致卡片递了过去。

"好的,谢谢老师。"梁晓湛接过,只扫了一眼便转身继续走了。那幽幽看着他英姿挺拔的背影,又看了一眼目不转睛的罗老师,微微地耸了一下肩,转身上楼去了。

第七章 她要更努力一点儿,她要救小墨

到了宿舍,那幽幽走进卫生间洗了一把脸,对着镜子里的自己打气。梁晓湛说得对,想要帮助别人,比如小墨,她自己就要变得有本事;想要摆脱像大姑家那样的人,也要变得有本事。而想要变得有本事,现在除了学功课,她大概也没有别的路可走了。

有了这样的隐形目标之后,那幽幽又用功了几分。除了上课,她几乎参加了学校里所有免费的补习班,每天复习、预习、背单词熬到很晚。这样忙碌而充实的生活并没有让她觉得很累,反而随着功课一点点的进步,她觉得自己逐渐变得更有力量了。

二

枫叶女中高中部的管理比初中部更严格一些,一个月只有两天允许学生离校,其他周末学校会安排各类补习和实践活动。

对于那幽幽来说,这样的寄宿学校真是再好不过了,学校里住的条件好,吃的也好,又有很充实的课外活动。

唯一不足的就是见不到林染白姐弟,有点儿想他们。至于梁晓湛嘛,她也有点儿想的。不过呢,她也知道梁晓湛那么忙,不能来看她是正常的,所以她平时也不给他打电话,倒是每隔几天就会给林染白姐弟打个电话聊聊各自的情况什么的。

梁晓湛是无意中知道那幽幽经常给林染白打电话的。

有天下晚班他顺路载着陆之杉回去,上车后陆之杉说要顺道去接一下上晚班的林染白。林染白上车后没多久,那幽幽的电话就打了进来:"林染白,我好想你呀!"

"想我干吗?"林染白没好气,眼角却是笑着的,"你那舍友又发疯了?"

"是呀,她又崩溃哭了。我安慰了好半天。"那幽幽宿舍楼下的粉红色电话亭,估计就只有她一个人用。

我想去你心里住一生

虽然学校给每个人都发了电话卡,但其他同学都悄悄配了手机,就连吕依蕾都有一部手机,只有那幽幽没有。所以电话亭几乎成了她私人专属的了,隔三岔五就打电话给林染白。

"就你那安慰人的方式……那姑娘哭得更厉害了吧?"林染白说完这句也笑了,她再清楚不过了,因为那幽幽安慰人的方式和自己太像了。

"……"每次那幽幽安慰完吕依蕾,吕依蕾都会哭得更厉害,原因无他,就因为那幽幽说的都是"你爸爸妈妈太过分了!""你也太软弱了!""要学会为自己而活好不好?""有爸爸妈妈就不错了,你看我就没有父母"。

哪个人听了这样的安慰能不哭呀?

"她也就是哭哭,你别管她了。对了,你们月考了没有?"

"考了呀,我终于进前两百名了!哈哈哈。"

梁晓湛面色如常地开车,仿佛根本没听到后座上打电话的声音,心里却有点儿小郁闷:她宿舍有个爱哭的舍友?怎么没听她说过?她考试了?哦,对,他收到了学校发来的成绩短信,考得还不错,那样差的基础,这次居然考进了前两百名。他隐约听出来了那幽幽在电话那头哈哈哈地笑了几声。小姑娘还得意起来了?但是,考完试不是应该跟他这个"家长"报告一下吗?她为什么只给林染白打电话?这都快一个月过去了,她一个电话都没给他打过。

梁晓湛到家后已经十一点多了,冷静了半天,才忍住了想要打电话给宿管老师问她两句话的冲动。

第二天一早,接待中心的餐厅里,那幽幽手里还拿着大半个包子,跑进去看到梁晓湛的时候,有点儿吓着了:"梁晓……呃,叔叔,你怎么来了?出什么事了吗?"

"没事。"

梁晓湛看到她,眉头锁得更紧:怎么看着好像瘦了些,学校的伙食

第七章 她要更努力一点儿，她要救小墨

有问题？

没事怎么会一大早来学校找她？那幽幽一看梁晓湛这表情，心里更嘀咕了："是小墨出事了吗？"

"没有。"

"那叔叔你来这里做什么？"那幽幽手里还拿着半个包子，来接待中心的餐厅之前，她正在食堂里吃早餐。

其实接待中心也有早餐，只不过是一家比较贵的高级餐厅，她从来不来的。

"吃早餐。"梁晓湛拿起面前的平板电脑开始点餐。

"我刚吃过。"那幽幽也坐下来，又咬了一口包子，"我马上要上课了。"

"喝碗粥再去。"梁晓湛点了两碗粥，又点了两个包子。

"哦。"她听到广播说有家长在接待中心等她的时候，抓起包子就迅速跑过来了，这会儿啃了大半个包子，还真有点儿渴了。

粥和包子很快端上来了。粥的温度有些烫，那幽幽喝了一口差点儿喷出来，正吐着舌头龇牙咧嘴，脑袋上忽然被人弹了一下："就不能慢点儿吃？"

梁晓湛的声音低沉，似带着笑意。

那幽幽放慢速度小口小口地喝着粥，目光却一直没离开盘子里的包子。接待中心的包子看起来比食堂那边好吃很多呀，馅料满满的，哎呀，一定很好吃。

"那个……"那幽幽有点儿不好意思，不过矜持是吃不到好吃的！于是她把手指向了包子，"我可不可以吃一个？"

"嗯。"另外那个包子本来就是给她点的。

认识那幽幽这么久，她别的优点暂时还没有发现，倒是发现了她很能吃。不过虽然吃得多，人却还是瘦，他从没见过她挑食，什么都吃，而且吃得很开心。

109

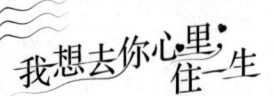

"哎呀,这边餐厅的包子就是好吃呀!"那幽幽津津有味地吃了一个,赞叹道。

饱餐后,她完全忘记了要追问梁晓湛为何来找她了。

"去上课吧。下周放月假我来接你。"梁晓湛看她也吃得干干净净的碗,心情顿时豁然开朗,"在学校好好吃饭,不需要你省钱。"

"好。呀,快上课了!"

那幽幽站起来就往外跑,却被梁晓湛叫住:"站住,东西拿走!"

那幽幽转过身提起桌上的一大包零食时,梁晓湛又加了一句:"不用给别人留,他们有陆警官管。"

"你怎么知道……"那幽幽没说完,撇撇嘴,"知道了。"

她想起来上次放假的时候,当着梁晓湛的面把两大包她攒的零食点心给林染墨捎了过去,他不知道才怪呢。

三

放月假那天,那幽幽记得梁晓湛说过会来接她,所以下课后回宿舍收拾了东西就慌慌张张地往楼下跑,她刚跑出楼道就被人叫住了:"幽幽同学。"

"罗老师。"那幽幽回头,就看到了笑意盈盈的罗老师,似乎还特意打扮过了呢,"罗老师今天真漂亮,是要去约会吗?"

"没有约会啦,我还单身呢。"罗美妍笑着伸手要接那幽幽的书包,"拿这么多东西呀,我来帮你吧。"

"啊,不用不用。怎么好意思让老师帮我拿东西呢?"那幽幽知道学校里有几个女生总想找她的碴儿,她又不是个忍气吞声的主,往后还得靠宿管老师照顾呢,所以她的嘴巴也格外甜,"而且罗老师今天打扮得这么漂亮,我怕我的行李把你的裙子弄脏啦。"

"不会啦。"罗美妍十分开心,坚持将那幽幽手里提着的大行李包给抢了过去,"我帮你拿,你家长的车停在哪儿了?"

"应该在校门外面吧。"那幽幽可算是明白了罗老师的用意,大抵是想和小警察见面时博得点儿好感……

"哦,在外面呀。不知道你们家住在什么地方,如果顺路的话,方便搭个顺风车吗?"罗美妍性格外向,并不是那种十分矜持的人,三言两语便说出了目的。她已经有了那幽幽"哥哥"的电话,如果能搭上那幽幽"哥哥"的顺风车,就能跟他更熟悉一些,以后要想发展可能就容易多了。

那幽幽虽然心里有点儿不舒服,她很清楚目前不能得罪这位宿管老师,所以一见到梁晓湛,就主动问他:"罗老师也要回家,我们顺路捎她回去可以吗?"

梁晓湛看着她背着个大书包,瘦得跟纸片儿似的,一把将她的书包给接了过去,都没主动跟紧跟在那幽幽身后的罗美妍打招呼。

罗美妍似乎并不介意,微笑着先打起了招呼:"那幽幽家长,你好。麻烦了。"

梁晓湛只看了一眼,便看出来她手里提着的大行李包是那幽幽的,赶忙伸手去接过,礼貌性地说了一声:"谢谢老师。"

"不用客气。幽幽同学说你可以顺路捎我,我才是那个要说谢谢的人呢,谢谢你。"

梁晓湛今天没穿警服,可即使只是普通的衬衣长裤,他整个人看起来都自有光华,真是一个有气质又迷人的男子呀。罗美妍老师在心里感叹着,一双眼睛也含情脉脉起来。

梁晓湛打开副驾驶的门,罗美妍满心欢喜地正要走过去,却见他伸手将那幽幽抓住塞了进去,只说了一句:"老师请坐后座吧。"

罗美妍有些尴尬,虽然有点儿不开心,但还是微笑着上了车。

梁晓湛从来没有一次像现在这样,觉得车里有一个陌生人而不太自在,于是开口问:"老师家在哪条路上?"

"罗老师,你家在哪儿?我们住在东区那边。"

那幽幽几乎瞬间察觉到了梁晓湛对于罗老师搭车的不悦,她在心里分析了一下,觉得可能因为罗老师不是梁晓湛喜欢的那种女孩。也是,像白悠然那样漂亮高贵的女孩子,梁晓湛都有点儿看不上,更何况罗老师这样小家碧玉型的。唉,罗老师在普通人里算好看的,但是放美女堆里,还真有点儿勉强。

那幽幽突然觉得自己理解了梁晓湛,于是又回头冲着罗老师加了一句:"老师,我家长是警察,特别特别忙呢。"

"哦,警察职业特殊我能理解的。我家在横滨路,如果不方便,你把我放到最近的地铁站就行。"罗美妍以为自己这样说,但凡是有点儿眼色的家长,大概都会把她送回家,毕竟她也算是孩子的老师,家长总是要尊重甚至是讨好几分的。

可当梁晓湛把车子停到了最近的一个地铁站时,她有点儿不可置信地看着梁晓湛,梁晓湛因为她的下车瞬间感觉心情好了些,脸上也有了笑容:"罗老师再见。"

梁晓湛的笑容很淡,却似能治愈一切,罗美妍顿时又笑得像朵花:"再见,谢谢你送我。"

车里终于没有陌生人了,可梁晓湛依旧一句话都没有说。

那幽幽偷偷地看了他一眼,有点儿摸不准他为何心情不好。难道是因为太忙没有吃饭现在很饿?她自己饿的时候心情就会很不好。或者是,因为她自作主张地让罗老师来搭顺风车?

就算猜到了,那幽幽也不敢问。

"那个……我晚上想去找林染白。"那幽幽犹豫了好一会儿,率先打破了沉默。

"为什么?"梁晓湛仍然是简短的三个字问询。

"今天是林染白的生日。"那幽幽说着又看了梁晓湛一眼,是她的错觉吗？她怎么觉得梁晓湛好像不怎么喜欢她和林染白在一起？

"一起去。"原来是林染白的生日，难怪陆之杉一早就说今天下午无论如何都要休假，他想借他的车去接那幽幽也没借成。不过让梁晓湛安心的是，那幽幽好像并不是太在意他车子好坏的问题，只是不知道那些碎嘴小女生的闲话有没有让她难过。

"呃，你要一起去……好吧。"

那幽幽觉得有些莫名其妙，梁晓湛为什么要跟着她去给林染白过生日？他和林染白又不熟。

梁晓湛打开车载蓝牙给陆之杉打电话："陆学长，你在哪儿？"

"刚买了菜，正要去小白那儿。"陆之杉提着好几袋子菜，刚刚从菜市场出来，他本来是想带林染白到外面吃顿好的，但林染白不同意，说她放学后还要打工两个小时，今晚在家自己做点儿吃就行。

"不出去吃？"梁晓湛想象着向来风度翩翩的陆学长从菜市场走出来的样子——那画面，还真有点儿辣眼睛。

"小白和小墨要自己做，小墨很会做菜的。"

陆之杉身为书香世家的少爷，实在谈不上有什么厨艺，也就是在警校野外训练时不至于把自己饿死的水平。林染白姐弟做的菜他都吃过，林染白手艺一般，普通的家常菜。但林染墨，简直可堪艺术级厨师的水平。大概是上帝都是公平的吧，林染墨不但智商过人，其他事好像也做得比普通人要好。

听到陆之杉说小墨很会做菜的时候，梁晓湛有点儿不屑，那男孩能比那幽幽做得更好？

这么想的时候，他看了那幽幽一眼，却发现了她刚才提的行李里，竟然还有他上次来看她时带去的那一袋零食。

"怎么，不喜欢吃这些？"挂了电话，梁晓湛便开始对那幽幽进行"批评教育"。

"学校里一日三餐，还有夜宵呢。而且我很忙的，根本没有空吃零食。"那幽幽说得堂而皇之,坚决不承认她想把这些留给林染白姐弟。梁晓湛对她很好,买的都是进口零食,她想让林染白姐弟也尝尝。

"你忙什么?"没听说过还能忙得顾不上吃零食?

"补课呀。你说过我要是功课不好就不供我了……我以前基础很不好,现在每天都要上很多补习课的。反正我不是在上补习课就是在去上补习课的路上。"

那幽幽说得理直气壮,除了上课补课,学校里还有很多其他活动,竟然还有马术课这样的课程,不学还不行,因为那会影响毕业综合成绩什么的,所以她真是天天忙得团团转,连被那些势利眼的同学嘲笑,都没空去回应她们。

听她这么说,梁晓湛其实是有一点儿小愧疚的,没想到这小姑娘把他的话全当真了。不过,认真努力毕竟不是什么坏事。这么想着,他就觉得自己需要补偿她一些什么,于是将车子一拐,开进了一间商场的车库里。

"我已经给林染白准备礼物了!"当梁晓湛说去商场给林染白买礼物的时候,她本能地就想拒绝,而且她真的给林染白准备了礼物——上次学校举办二手市场活动的时候,有几个富家女炫富似的把自己的好东西卖得特别便宜,她就趁机给林染白买了一支她一直想要的翻译录音笔,还顺便给林染墨买了几本他特别喜欢的英文原版书。

"再买一份吧,我买单。"梁晓湛关上车门,头也不回地走向电梯,那幽幽只好小跑着跟了上去。

"你真的要送礼物给林染白吗?"电梯里,那幽幽歪头看梁晓湛,想确认他有没有开玩笑。

"嗯。"梁晓湛回答得很干脆。

得到了梁晓湛的肯定之后,那幽幽像下定决心似的,伸手按下电梯的五层按钮。刚出电梯门,她就指着迎面的 LED(发光二极管)广告屏对梁晓湛说:"我想买那个。"

那是一个最新上市的电子手环，不但可以当作手表和电话，还可以监控人体的健康情况，比如心率、睡眠、体温，甚至可以根据汗水大概测出白细胞的情况。

梁晓湛只看了一眼，便知道她是要送给林染墨的。那幽幽见梁晓湛不出声，小心翼翼地解释道："小墨是下个月的生日，我们可以提前送给他。"

"好"梁晓湛也为那幽幽的细心感到欣慰。

四

本来那幽幽和林染墨在厨房里做饭，而梁晓湛和陆之杉在阳台上聊天，没一会儿陆之杉就要出门，因为天黑了，他怕林染白自己回家不安全，他要去接她。

梁晓湛本想笑话他这位家长是不是有点儿太入戏，不但买下了两室一厅的房子假意租给林染白姐弟，还事事亲力亲为。还没来得及开口，他忽然想起了自己手机里一直存着的那些枫叶女中发来的与那幽幽有关的信息：她的考试成绩、放假须知，甚至是回到宿舍后的打卡信息，他好像每天都要收到才能感觉安心。

梁晓湛微微愣了一下，才半是自嘲般地笑了笑。

大概是像他和陆之杉这样的人，一件事情要么不做，但凡做了就总想做到极致吧。

"小墨，你有没有觉得这两个小警察有问题呀？"厨房里，那幽幽看梁晓湛自己在阳台上刷手机，用近乎耳语的声音对林染墨说，"不但供我上那么贵的学校，还给你们租了这么好的房子住。你说他们是不是做了什么亏心事，所以做善事求安心啊？"

"也许吧。"林染墨看了那幽幽一眼，眼底都是暖暖的笑意。

那幽幽也许还蒙在鼓里，不过林染墨和姐姐都看出来了，梁晓湛与陆之杉还真不是普通的小警察，他们极有可能是世家子弟。他们做警察，应该是为了增加阅历罢了。

林染墨并没有打算把这些猜测告诉那幽幽。

那幽幽聪明狡黠，但比起早已了解这个社会的他们姐弟俩来说还是要单纯一些。总之，他看得出来梁晓湛并没有伤害那幽幽的意思就可以了。

林染墨做饭果然很好吃，晚饭时大家都吃得很开心。

那幽幽送林染白生日礼物的时候，没想到林染白也给那幽幽准备了礼物——一部手机，说是上个月那幽幽过生日的时候，她还没攒够钱，所以只能这个月补送了。

林染白靠自己打工攒的钱买来的手机自然不是什么高级货，虽然只有六七百块钱，但那幽幽还是感动得眼眶有点儿红，站起来抱了林染白很久，她还说以后每天都要给林染白打电话。

林染白笑笑说："手机费我可不帮你交呀，而且给我打那么多电话干吗？要打也是打给喜欢的男生呀。"

林染白说到喜欢的男生的时候，梁晓湛看过去，都没注意到自己眼带杀气。

什么喜欢的男生？还在读高中，喜欢什么男生？

从林染白家出来的时候，那幽幽还是很高兴，在月光下蹦蹦跳跳起来："太开心了！你知不知道，今天是这么多年来我们过得最幸福的一个生日！林染白说她再长大一些，就可以申请做我们的监护人了。"

"林染白要申请做你的监护人？"梁晓湛顿时面色微冷。

听那幽幽话里的意思，林染白早就说过她以后会申请那幽幽和林染墨的监护权？林染墨是林染白的弟弟，那还正常。她要那幽幽的监护权做什么？难道是想为他们父亲的过错做一些补偿？

第七章 她要更努力一点儿，她要救小墨

"是呀！之前在大姑家太害怕了，林染白就说，她以后有能力了就申请做我的监护人。"此时说起往事，那幽幽觉得释然了许多，反正更糟糕的情况梁晓湛也已经亲耳听到过，她何必太扭捏？

而梁晓湛想的却是另外一件事情，不管林染白是揣着怎样的心思，他都要杜绝有可能给那幽幽带去的伤害："她不能成为你的监护人，我已经是你的监护人了。"

梁晓湛已经将那幽幽的户口独立出来了，在监护人那一栏里，他填的是自己的名字。

至于关系，他随便填了一个兄长。

"呃？叔叔已经帮我把户口独立出来了？"他是去过大姑家，并且获得大姑的同意了吗？大姑他们那么好说话？

"嗯。"梁晓湛只回答了一个字。

他不想告诉她其中的小麻烦，对付像那嘉英一家那样无赖的人，他自然有他的方法。

"这么说我就是户主了吗？"那幽幽墨眸微弯转头看梁晓湛，一脸的期待。

做了户主有什么好处她不知道，不过呢，从此与大姑一家的关系了断了她是开心的。

"哼。"梁晓湛只是轻哼一声，一个未成年的小姑娘做什么户主？

"还想做医生吗？"梁晓湛决定转移话题，"医学院比一般大学要辛苦得多。"

"想啊！但是我不知道能不能考上。我发现枫叶高中里的都不是普通人，外教上课的时候他们都能和外教聊天，可是我，十句能听懂一句就不错了。唉……"那幽幽大约是心情好，之前没怎么和梁晓湛聊起过的校园生活，此刻也开始滔滔不绝起来，"还有呀，他们很多人以前都上过奥数班，可我小学数学基础一般，中学数学基础很差，疯狂刷练习题也觉得追得很辛苦。老师说以我目前的成绩，能上个普通一本就不错

了，可如果我要上医学院当然要选最好的学校，上好的医学院才能做好医生，才能给小墨做手术，所以……我也很郁闷呢。"

梁晓湛还是第一次听那幽幽讲了这样多关于学校和学习的事情，想到英语课上别的同学都能与老师对话，只有她听不懂也说不出来，梁晓湛心里那股护犊子的保护欲又上来了："明天开始，我给你请一个家庭教师。"

五

家庭教师的事情，那幽幽本以为梁晓湛只是随口说说。所以第二天一早，一位穿着职业装的中年男教师来敲门的时候，那幽幽还有点儿没反应过来："你是说，你是我的家教？"

"是的，我任职专业的家教学校，我负责你的数理化。你的家长还请了语文老师和英语老师，我的课安排在上午，他们的课程安排在下午。哦对了，明天早上还会有一节外教课。小姑娘，看来你的家长有点儿严厉哦，把你整个周末都排满了。不过你认真一些的话，我也会争取快点儿下课，怎么样，有信心吗？"

这位老师面带笑容，态度很好。他兼职的这间家教机构是专门做高端家庭的，收费高但效果也好。要想学生有积极性，关系和谐当然是必须的。而且，为了保证教学质量和学生的安全，家长还可以通过全程网络直播，观察整个教学过程。

刚到单位上班的梁晓湛抽空看了一眼手机上的直播画面——刚起床的那幽幽披散着平时扎成马尾的长发，正一边吃着面包一边看着正把手机摄像头对准书桌的老师："老师，你在做什么？"

"你的家长会看到全部的直播教学过程，所以我们得加油哦。"老师调节好画面，咳了一声，很正式地对那幽幽说，"那幽幽同学，离上课开始还有五分钟。"

那幽幽看了一眼手机画面上的自己,"哼"了一声,冲着手机说:"喂,上课你也要盯着?"

梁晓湛清楚地听到了她的轻哼,不由得无奈地笑了笑。他们做警察的更谨慎一些,以防万一。

这时候的那幽幽心里虽然不满连上课都被梁晓湛看着,但她本就想成绩能更好一些,所以上课时也格外认真。

从那天开始,每个月假的周末,除了傍晚的时候梁晓湛会带她出去吃个饭外,她不是在上课就是在刷题。

周日上午的外教马克是一个金发碧眼的小伙子,他性格很开朗又健谈,夸那幽幽是他见过的最漂亮的中国女孩。那幽幽被夸得很开心,而且对方还是个长得帅气又幽默有趣的男生。

晚饭的时候,那幽幽一直在对梁晓湛念叨马克特别有趣什么的,还说很期待下次的课程。梁晓湛一边收拾碗筷一边安静地听着,就像普通的家长一样为自己"孩子"的变化和成长感到欣慰。

也不知道是请家教有了效果,还是那幽幽平时积攒的力量有了小小的爆发,高一第一学期的期末考,那幽幽的排名一下子上升到了年级前一百名,班级排名也一下子进入了前二十名。

那幽幽作为进步标兵被老师表扬了,而几名原本成绩不错,但是这次考试有些退步的同学则被批评了几句,其中就包括那幽幽那位因为成绩优秀而获得学费优惠的舍友吕依蕾。

吕依蕾虽然聪明成绩好,但是心理承受能力很差,被其他女生嘲笑会哭;在补习课上跟不上进度也会哭;加上她总是担心自己成绩不好会对不起父母,心理压力太大,成绩就不断下降了。

偏偏那幽幽不是那种很会安慰人的人,看到她哭,就只能说一声"别哭了,有什么好哭的?努力一点儿,下次考好一点儿就行了"或者是"这点儿事我觉得不值得哭呀"。

站在那幽幽的立场,像吕依蕾这种没有公主命却偏偏有公主心的女生确实不太能适应这个社会,吕依蕾经历的这点儿挫折算得了什么?

那幽幽不知道的是,她说的话对于小气又敏感的吕依蕾来说,真是一种莫大的打击。

事实上那幽幽是很照顾吕依蕾的,只要见到她被其他女生嘲笑,那幽幽都会冲过去帮她解围。

作为同住的舍友,虽然不可能像林染白那样成为闺蜜好友,但是那幽幽也不想把关系搞得很紧张。

可在那幽幽被几个女生堵在厕所的角落里,而与她同行的吕依蕾却转身独自跑掉的时候,那幽幽还是有点儿心凉。

那幽幽也算是见识过一些场面的,所以那五个女生步步逼近时,她也不算特别慌张,其中一个学姐猛地出手推了她一把时,那幽幽才抽了抽嘴角:"学姐,咱们都是文明人,有什么话好好说呀。况且,我并没有得罪过你们吧?"

"哼。你就不应该出现在这里!"那学姐笑得十分瘆人,"可能你不认识我,但是,你应该认识我的表妹姚卉。"

听到姚卉的名字,那幽幽马上明白过来了,敢情她只要待在这所学校里,这事儿就没个完了?

"哦,姚卉同学呀。我们在初中部时是舍友呢,不过后来不知道为什么她突然转学了。我其实还挺想她的。"那幽幽仗着林染白教过她一点儿防身功夫,想着大不了打不过就跑,面对这种校园恶势力,她才不要乖乖就范呢!

"可恶!"那个学姐大概是霸道习惯了,哪里受得了那幽幽这种天不怕地不怕的劲儿,她一声娇喝,便给了那幽幽一巴掌。

那幽幽只觉得眼前一花,下意识想躲,肩膀上却结结实实地撞到了洗手台上,洗手台破损的一角也结结实实地扎进了那幽幽的肩膀里。瞬间火辣的痛感席卷全身,她痛得"嗒"的一声:"喂,打人犯法的,你

第七章 她要更努力一点儿,她要救小墨

知道不知道?"

哪知对方冷哼一声,轻蔑地看了看那幽幽狼狈的模样,转身带着另外四个女生扬长而去。

那是第一次,那幽幽嫌弃自己太瘦小。

第八章

一颗糖的回忆

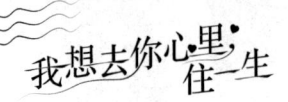

一
────────────

那幽幽带着伤回到宿舍的时候,本来就愧疚的吕依蕾一下子又哭了,尽管那幽幽对她说了好几次自己没事,吕依蕾还是哭着去找了宿管老师。

宿管老师一看那幽幽肩膀上的血不停地往外涌,吓得魂儿都没了,一边打电话跟领导汇报,一边赶紧打车把她送去医院。

那幽幽本来想着去医务室抹点儿药就行了,她不想让梁晓湛知道,不想给梁晓湛惹麻烦,但宿管老师不但把她送到了医院,还当着她的面给梁晓湛打了电话。

那幽幽有些绝望,想瞒着梁晓湛是不可能了。

梁晓湛赶到医院后,只看了一眼那幽幽,那双深邃的明眸便极危险地眯了一下,随后他的表现都还算正常:询问缘由;配合医生进行上药与治疗;询问养伤的注意事项;给那幽幽请了一周的假,将那幽幽接回家休息。

到家后,在确认了那幽幽并无大碍之后,他在当晚又赶回了单位。

梁晓湛回单位并不是为了工作,而是带着眼底藏不住的愤怒调取了学校的监控视频,并查清楚了那五个女生的家庭背景。

清晨的时候,梁晓湛拿着拷贝的学校监控视频,在时隔一年之后,第一次回到了父亲家。

他的小破车在别墅区门口被保安拦下了,他放下车窗,保安立刻就认出了他的脸。马上敬礼为他开门。到了家门口,他的车刚停下,家里的司机和保姆便走了出来:"请问你……啊!是梁先生回来了!"

梁晓湛默不作声地走进屋,快步径直走进了父亲的书房。

听到他推门进来,身高体形与都与他极为相似的梁建业正在书桌前练书法,眉目如常,也不作声。

梁晓湛亦没有叫父亲,只是将手里的那个视频的硬盘放在书桌上:"不是要励志改革吗?这就是你选的得力助手?学生们的这些行为,他们的家长能明理到哪里去?"

梁晓湛只说了这一句便转身离开,在他的手扶上门把手的时候,原本专心写字的梁建业终于无法再隐忍怒火,连字的最后一笔也脱墨而飞。他把笔一扔,瞪着大儿子的背影怒目而视:"现在回来连一声'父亲'都不叫了吗?"

"你说过我没有父亲。"梁晓湛的声音几乎冷到结冰,脚步未再停下,就像他突然出现在这低调安静的房子里一样,又突然地离开了。

还穿着睡袍刚刚从卧室里走出来的梁夫人仅仅看到了梁晓湛的一个背影,她看了一眼旁边的保姆,从保姆的目光里便知道了是梁晓湛回来了,再一个眼色,她也明白了,父子俩的见面并不愉快。

不过,梁晓湛每次回来,父子二人什么时候愉快过?

梁晓湛刚出门,一个高瘦阳光的少年背着书包从楼梯上跑了下来:"妈,刚才我好像看到我哥了,我哥是不是回来了?"

看到刚上高中的儿子,梁夫人的笑容顿时温柔起来:"是呀,你哥回来了。但是又走了,刚走。"

"啊,不要啊!我还没见到呢!"少年风一样地跑向了门外,"哥!哥!等等我呀!"

梁晓湛本来已经发动了车子,从后视镜里看到一个高瘦少年从铁门里狂奔出来朝他疯狂摆手,他脸色一沉,本想当成什么都没看到那样把车开走,但到底还是踩了刹车。

梁晓江害怕梁晓湛会一踩油门离开,所以他几乎是狂奔着到达车旁边的,到了车门边脚步还有点儿刹不住,人一下撞在了车门上,痛得他一声闷哼,但他也没顾得上痛,打开车门就钻进了副驾驶座:"哥!"

梁晓湛看他一眼,心想这些小孩子怎么都像植物似的,一段时间不见就像吃了催长素般,不但高了不少,脸也有了些变化。那幽幽是这样,梁晓江更是厉害,一年的时间,就从一个男孩变成了少年,这个子都快超过他的肩膀了吧?

我想去你心里住一生

"哥,你顺便送我去上学吧!"梁晓江比梁晓湛的眉眼要更俊秀一些,脸上带着少年的稚气,他眉目弯弯地说,"要是可以提供一顿早餐就更好了!我为了追你的车,连早餐都放弃了。"

"系好安全带。"梁晓湛脸上依然没有笑容,但是面色缓和了很多,"功课怎样?"

"哥,能不能不要问这样丧气的问题,你问问我想吃什么早餐不好吗?"梁晓江"嘿嘿"地笑,光明正大地拒绝回答哥哥关于功课的提问。

"成绩不好就没有早餐。"梁晓湛回答得也很干脆。

"那成绩一般呢?还有早餐吗?"梁晓江有点儿耍赖皮地笑,"哥,我要去上学,不吃早餐很容易饿,饿了还怎么有心思上课嘛。"

梁晓湛看了弟弟一眼,没说话,但还是开始注意路边有没有可以吃早餐的地方。

梁晓江从小就很喜欢这个哥哥,一直都特别黏他。梁晓湛在上高中之前,一直都住在家里,总是在半夜里发现身边多了一个小孩子,仔细一看,梁晓江抱着他的小玩偶不知道什么时候跑到他的床上睡着了。一开始,梁晓湛还经常抱着梁晓江回他的房间去,后来就懒得抱了,因为只要他一醒,还是会看到梁晓江跑到他的床上睡着了。

梁晓湛比梁晓江大六岁,几乎是看着弟弟从一个软乎乎的小婴儿长成现在这个高个儿少年的。就算他与继母的关系再冷漠,与父亲的关系再不好,与这弟弟的关系还是亲密的。

终于把缠人的弟弟侍候好送到了学校门口时,梁晓江明明已经快迟到了,下了车还要扒着车门问:"哥,我能不能去找你?"

"不能。"梁晓湛一口拒绝。

"为什么不能?难道我去了你会赶我走吗?"梁晓湛很不满。

"会。"

"哥!你一定是有什么秘密瞒着我!否则为什么不让我去找你?"梁晓江说完后一溜烟跑进了校门,顺便还留下了一句,"我不管,我会去找你的!"

梁晓湛无奈地笑了笑,掉转车头回家去了。经过这一夜的折腾,他很疲惫,心里又惦记着那幽幽的伤口好点儿了没有,所以颇有点儿归心似箭的意味。

二

在那场冲突里,所幸那些女生只是学学影视剧里的刁蛮公主动动嘴皮子、推搡一下,可是那幽幽的肩膀正对着洗手台破损的一角,所以受伤了。

梁晓湛敲了一下门拿钥匙开门进屋的时候,那幽幽正趴在沙发上看书,看到梁晓湛,她爬起来的时候,痛得"咝"了一声。

梁晓湛的眉头皱了皱:要考虑给她转学吗?转学的话,就不会发生这样的事情了吗?

"叔叔,我错了。"那幽幽多敏锐呀,一看到梁晓湛黑脸皱眉,马上检讨自己,"我不应该吓唬姚卉。如果我不吓唬她,逼得她转学了,她姐姐也不会找我碴儿。"

梁晓湛没想到她会这么说,目不转睛地盯着她看。那幽幽顿时更加认真地认错:"为人处世要与人为善才对,如果同学相处不好,对方有问题并不代表自己就没有问题。所以我要检讨自己,以后要学会团结同学、友善校友,不会再犯这样的错误。"

怎么样?检讨得够深刻了吧?但是小警察那脸色是怎么回事?怎么变得更黑了?

"你没有错,不需要检讨。"梁晓湛将外套随手放在沙发背上,就进了厨房。厨房很干净,他猜想她可能是受伤太痛都没给自己做早餐吃。

那幽幽有点儿"狗腿"地忍着痛把梁晓湛的外套拿起来挂好,心里还在感到意外:梁晓湛说她没有错,这么说,他不高兴并不是因为她在

我想去你心里住一生

学校里打架了?

梁晓湛煎了培根蛋,又烤了吐司,给自己煮了杯咖啡,给她热了杯牛奶,东西很快摆到餐桌上后,他坐下看她:"过来吃早饭。"

仍然还没有猜到他为什么看起来很不高兴的那幽幽,很迅速地跑到餐桌边坐好,瞟了一眼他的脸色后低头开吃,一边吃一边想为什么自己这次没能准确地猜中他的心思呢?

梁晓湛的内心是很自责的。

那幽幽看起来越懂事越不在乎受伤,他心里就越是觉得自己这个家长没做好。想到在初中部时她被强力胶水粘住,被苍耳扎,这会儿上了高中,还被欺负得受伤了。在他成为她的监护人之后,那幽幽虽然逃脱了穷困与居心不良的大姑一家,却也被他送进了一个随时有可能被欺负的学校里。不行,这事儿不能就这么结束,他得去拜访一下陆之杉的爷爷,严肃地说一说这件事情,校园霸凌什么的,绝对不能发生在那幽幽身上。

"叔叔,这几天家教会来吗?"那幽幽身上虽然痛,但还是顾虑着功课,她还要考更好的分数,气死那些欺负她又不如她的人,她还得想办法反击呢,这痛她可不能白挨了。

"不痛了?"梁晓湛看她一眼,问得风平浪静。

那幽幽马上感觉到了他的心情似乎好一点儿了,于是咧开嘴笑:"痛,但是不能落下功课呀。"这么说的话,梁晓湛肯定会觉得她很上进,心情也就会好。

可梁晓湛瞬间又沉下了脸:"先休息两天。"

三

在没有家教也不用上学的两天里,那幽幽过得很舒坦。一日三餐由梁晓湛负责,晚上林染白和林染墨放学后还会来看她。

第八章 一颗糖的回忆

林染白气得骂她:"那幽幽,你是去了枫叶高中就变'包子'了吗?被人欺负成这样?"

那幽幽愤愤地说对方人多又个个人高马大的,她能怎么办。

林染墨则什么也没有说,只是第二天一早来的时候,给她带来了一个很小巧、方便携带的防狼喷雾,说:"再遇到麻烦,用这个逃跑。"

梁晓湛中午抽空给那幽幽送饭的时候,看到她正在试那个喷雾。他也曾想过要给她买一个来防身,但思来想去,还是觉得应该找个更好的方式。

午饭后,梁晓湛把餐桌与沙发往边儿上一推,腾出一块空地来,他看了一眼那幽幽身上穿的运动便服,叫她:"过来,忍着点儿痛,教你擒拿术。"

"呃?"那幽幽还有点儿蒙。他要亲自教她防身术?还是擒拿术这么专业的?

"这几天家教不会来,你学了之后自己也多练习一下,每天中午和晚上我会来验收练习成果。练好了就可以去上学了。"

梁晓湛想过了,防狼喷雾什么的都是外在辅助而且可能有危险,还是教给她一些实在的防身术比较好,对方人多不怕,至少可以逃掉。

"叔叔,你的意思是,你要教我功夫?"那幽幽对于"擒拿术"这个词还处在电影电视上看到的阶段,她有点儿跃跃欲试,又有点儿小小的惊喜,看来梁晓湛这几天不高兴并不是因为她在学校里打架了,而是怕她在学校里再被别人欺负啊。

然后那幽幽度过了地狱般的一周,刚开始的两天是伤口痛,后来几天就是伤口痛外加肌肉骨头痛。梁晓湛在教她擒拿术的时候,一点儿都不温柔,都是实打实的硬招儿,还天天要验收她的练习成果,结果把她摔得浑身痛。

不过呢,也不是没有收获的。一周之后,那幽幽回学校上学的时候,觉得就算再被强壮的学姐欺负,她应该完全可以逃脱了。

但那幽幽回到学校后得到的第一个消息是，那个带头欺负她的学姐，成为枫叶女中有史以来第一位被正式开除的学生，而且理由十分充分，校方手里有视频证据。

这消息传了出去，教育界再次盛赞枫叶女中不畏强权，是教育界的一股清流之余，也给那位学姐与她的家长以及其他有可能欺凌同学的某些学生以警示：那位学姐，在国内大概是没有好高中会接收她了，而且被枫叶女中开除的学生就等于被全世界的好学校拒绝。那位学姐，大概要为自己的一时冲动付出巨大的代价了。

四

那位学姐被开除之后，枫叶高中内也流传开姚卉被悄悄劝退的事情，大家都知道这事与那幽幽有关，于是学校里就有了两种传言：一种是说那幽幽是家庭很普通的穷女孩，但是千万不要惹这种女生，因为她们往往毫无顾忌。另一种说法是，那幽幽只是表面普通，其实呢，家庭背景很有可能非常厉害，所以但凡是惹了她的人，都不会有好下场。

这两种流言越传越盛，很多同学都相信了，甚至连吕依蕾也相信了。

"幽幽，我帮你打了开水。我还削了苹果，你也吃一点儿吧？"

那幽幽刚从补习班刚回到宿舍，吕依蕾便笑盈盈地把果盘递了过去。那幽幽看了她一眼，有点儿不习惯她的这种转变，像她这种公主心理的女生，摊上自己这样的舍友，心理压力一定很大吧？

那幽幽淡淡地说了一声"谢谢"，便走到了自己的书桌前开始做作业。她以前并不讨厌吕依蕾，甚至还觉得她挺可怜的，小小年纪背负着父母全部的希望，又不是特别聪明，每天都学得特别辛苦，成绩却总是不稳定。

如果那天，吕依蕾只是害怕跑掉的话她不会怪她。但是，在吕依蕾跑走之后的一段时间里，吕依蕾都没有去找老师或者保安，也说明了吕

第八章 一颗糖的回忆

依蕾根本不想帮她。

吕依蕾为什么这么讨厌她呢?那幽幽仔细地想过,大概一是因为自己的成绩超过了她;二是因为平时吕依蕾在宿舍里哭的时候,自己安慰她的方式也不招吕依蕾喜欢。

吕依蕾没有当即去求救的这件事,那幽幽还是记下了。所以返校后,虽然吕依蕾对她很关怀很亲热,但是,那幽幽都不会再把她当成朋友了。

"你好,我是罗老师。请问那幽幽同学回来了吗?"宿管老师在外面敲门,吕依蕾赶紧去开门:"老师,幽幽已经回来了。"

"是的,老师,我回来了。"那幽幽也从书桌后站起来向老师微笑。

那两种离谱的流言也同样影响到了罗老师,只不过她好像更愿意相信第二种可能,所以对那幽幽的热情又多了一些。每天下课之后她都会亲自来查看那幽幽是否已经安全回到宿舍,然后她还自作主张地每天给梁晓湛发短信。虽然只是简短的一条"那幽幽同学已经安全回到宿舍,正在做作业"之类,而梁晓湛回复的也只是很简短的"收到,谢谢"四个字,可罗美妍觉得已经是一个飞跃性的进展了,她终于和梁晓湛有了通信联系。于是罗老师对于那幽幽的情况开始了更详细的了解,恨不得一天十遍地给梁晓湛发信息告知那幽幽在校的情况。

而那幽幽每晚临睡前按照梁晓湛的要求给他打电话汇报自己一天的情况的时候,她根本不知道,自己连午饭吃了什么菜吃了几碗饭都已经被梁晓湛知道了。

不管怎么说,在那之后,那幽幽在学校里的生活舒服多了。

她开始为自己要成为一个医生的目标做着各种准备,补习班、家教已经占据了她课外的所有时间,连去找林染白姐弟的频率都少了很多。她没察觉出来这是梁晓湛在不着痕迹地阻止她与林染白姐弟过多接触。

那幽幽几乎进入了一种"我每天都在学习""我爱学习""我心里只有学习"的状态,而且随着成绩的一点点提升,以及与周围同学的成绩差距越来越小,她觉得很有成就感。她现在打电话给林染墨的时候,偶尔说起一些学习上的事情,已经不再一头蒙了,这让她觉得很兴奋。

到期末大考成绩出来时,她几乎是笑着给梁晓湛打电话的:"梁晓湛!我进了前一百名!我是不是特别帅?"她一时兴奋,竟然直接叫了梁晓湛的名字。

一个小时之前,梁晓湛已经收到了学校发来的成绩信息,想起那幽幽刚进枫叶女中入学考试时那个惨不忍睹的成绩,他还真是挺佩服这个小姑娘的。

短短的时间里,她竟然在那么差的学习基础下,通过不断地努力补习,硬生生地从年级垫底提高到了九十多名。看她这么用功的样子,估计进前三名也不是没有可能的。

想到这些,梁晓湛在不自觉的微笑里,流露出一种自豪感:"特别帅!家长会是下午三点,开完会带你去吃好吃的。"

"好!但是今天不是周末,三点钟你会有空来参加家长会吗?"那幽幽其实挺盼望梁晓湛来的,毕竟她想让他来看看,他给她花的钱没白花,她真的有努力学习。但她同时也知道梁晓湛每天都很忙,她都已经做好了没家长来开会的心理准备。

"我尽量。"梁晓湛心里已经想好了要请假去开家长会,嘴上却并不肯定,隔着电话线他似乎都能感觉到小姑娘淡淡的失望,于是又改了口,"我会去的,你收拾好行李等我接你。"

"好的!"那幽幽兴奋地挂了电话后又马上打给了林染白,"林染白!我考进了前一百名!我是不是特别厉害?"

"喊,只是在学校考进前一百有什么厉害的。小墨考了全市第一名好不好!"林染白嘴上打击着她,微弯的眼眸却流露了她内心的真实感情,"不过,还是请你吃饭庆祝好了。今天放假了吗?"

"下午开完家长会就放假了!梁晓湛说要请我吃好吃的,我们一起去吧!我觉得我们好久都没见面了!"那幽幽很不客气地私自做主,在梁晓湛的请客名单里加上了她生命中很重要的两个人。

"梁晓湛只说请你,又没说请我们。"林染白笑了,心里想的却是,陆之杉应该也已经收到他们的放假信息了吧?大概晚上也会来找她和小墨去吃饭?小警察们都还蛮讲究仪式感的,每次放假或者节日什么的,都要带他们出去大吃一顿。

"没关系啦!他会愿意的!"那幽幽很愉快地帮梁晓湛做了决定。

五

开家长会的时候,梁晓湛没有穿制服,为了显得成熟一些,他穿了深色长裤与比较正式的衬衣。虽然衣服的款式与颜色都很低调,但是他整个人似乎依旧帅气得发光,他远远地走向教室的时候,那幽幽听到身边的几个女生都倒吸一口气地小声问:"喂!谁知道那是谁?是明星吗?太帅了吧!""哇!是来我们班的!是哪个同学的哥哥吗!""天哪,帅呆了!""好像是那幽幽的哥哥!"

梁晓湛一边走向教室,一边在教室走廊里的学生群里寻找那幽幽。

枫叶高中的日常校服是英式的浅咖色西装上衣配红黑格子裙,所有同学平时在校都统一穿着校服,所以在穿着相同的一群人里要找一个人,并不是太容易。

可梁晓湛还是一眼就把那幽幽给找出来了。在其他生长发育都很正常的十六七岁的同学中,她依旧显得比较瘦小,除了那双漆黑明亮的眸子,这小姑娘在一堆养尊处优小小年纪就知道保养打扮的女生堆里,还真是不怎么起眼。

是她的不起眼让她显得特别,还是因为她原本就很特别?梁晓湛没去深想,只知道他一眼就从人群里认出那幽幽的时候,内心有点儿小开心和小得意。

梁晓湛还注意到那幽幽的校服似乎有些大,就像是小妹偷偷穿了大姐的衣服，虽然她仔细地将袖口挽了起来，可梁晓湛还是能看出来她校服上衣的肩膀处大了差不多两个码。怎么回事？是学校弄错了尺码吗？衣服大了也不去换身合身的？

想到这个，梁晓湛的眼神沉下去了一些，看着那幽幽迎过来将他带进教室找到座位坐下的时候，他还是问出了口："衣服是怎么回事？"

"呃？"那幽幽一下没反应过来，听他问衣服，赶紧低头看自己有没有穿错。没错啊，外套、衬衣、裙子、袜子，都是学校发的啊，于是她一脸疑惑地看向梁晓湛。

"衣服尺码不对，为什么不去换？"

自从初中部的姚卉事件到她前几周的受伤事件，梁晓湛心里一直在矛盾，让她读枫叶女中是否是一个错误，因为在这样的学校里，她可能要承受更多的来自自卑的伤害。

"啊，衣服呀。"那幽幽顿时明白过来了。

那幽幽想了想，压低声音很认真地告诉梁晓湛："我告诉你哦，这学校里的校服费非常坑。虽然衣服质量蛮好的，但是也太贵了。我呢，最近也长得快，所以我就报大了两个码，这样明年就不用买新校服啦。三年下来能省不少钱呢。"

那幽幽说这些的时候，脸上的表情还有点儿小得意，好像自己干了一件多么精明的事情一样，一双眼睛笑得弯起，黑亮的眸子里似有星光闪耀。

梁晓湛没想到会是这样一个理由，他愣了一下，沉下脸："说了不用你省钱。"

"你说的那是吃饭啊。"那幽幽哼了一声，没忍住白了梁晓湛这个"败家子"一眼，"你不要忘记了你只是个警察，这学校的学费已经够贵的了，你又不是什么富二代！"那幽幽说完这句，忽然想起了林染白姐弟私下对梁晓湛与陆之杉的身份的猜测，顿时瞪大了眼睛，"你不会是富二代吧？"

第八章 一颗糖的回忆

"我有其他收入。这课桌为什么这么脏?"梁晓湛赶忙引开了话题,他并不想与那幽幽讨论自己是否是富二代这件事情,反正他从未想过要从父亲那里得到什么,他考上警校后就基本与家里断绝了关系,他最近一次回去,如果不是为了那幽幽的事情,他大概都不会与父亲多说一句话。他与父亲并无世仇,只是妈妈的事……

"哦,原来就是脏的啦。"那幽幽这么说的时候,撇了撇嘴,全班只有她的课桌最脏,因为有好几次被人涂了墨水或者胶水,她擦都擦不干净,校服也中了很多次招,每次都要回宿舍洗半天。

"女孩子,要干净整齐。"梁晓湛说完之后,又想起了那幽幽每次放假回家都把他的冰箱、厨房、客厅收拾得干干净净的样子,顿时有点儿明白过来了,"谁给你弄脏的?"

"不知道是谁。不过没关系,只是脏一点儿,又不是不能用。"

梁晓湛只"嗯"了一声,没再说话,心里却想着,要不要去查一下监控,看看学校里都还有谁作弄那幽幽,这帮小姑娘,还有完没完了?

那幽幽只看到梁晓湛的脸又黑了,该不会是觉得她在学校里又惹祸了吧?

那幽幽时刻都告诉自己,不能惹毛了他,万一他不高兴,自己说不定又要回到大姑家去了。

不过她心里又觉得自己特别憋屈,她可不想天天被欺负,在学校里做个受气包,所以但凡欺负她的人,她也总是会想办法还回去的。但是吧,总会有点儿做得不合校规的地方,虽然比较隐秘,但是如果要查,还是会查出来的。

梁晓湛一脸严肃地在仔细阅读学校发放的家长须知,完全不知道因为他的黑脸,站在他身边的那幽幽已经在心里演完了一场戏。

六

家长会快结束的时候，那幽幽作为年度最佳进步生被老师大力地表扬了，当然，还现场发了进步奖学金两百块钱。如同初中部一样，这奖金对于绝大部分的枫叶高中学生来说并不算什么，只是代表了一种意义。但对于那幽幽来说，就不一样了。

她自从不去打工之后，已经很久很久没有过自己的收入了，所以她在拿到那两百块钱之后额外高兴。

家长会结束之后，那幽幽跟着梁晓湛一起走向停车场的路上，她悄悄地打开装奖金的信封，里面是两张崭新的红钞票。在确认了之后，她的笑容又多了一些，开始在心里盘算着用这两百块钱要做些什么。

作为一个看起来比较听话的孩子，是不是应该把这钱交给梁晓湛才对呢？不过，很有可能就算交给他，他也不会要吧？那么她要不要买点儿什么表示一下？

那幽幽很珍惜又很小心地看了好几眼那两张钞票的小模样，把梁晓湛给逗乐了。

"啊！"上了车，那幽幽忽然想起了她已经自作主张地帮梁晓湛"请了客人"的事，"那个，叔叔，我们能不能去接了小白和小墨再去吃饭？"

"为什么？"梁晓湛想都不用想就知道她肯定和林染白联系过了，并且自作主张地叫上他们一起去吃饭。但是他还是故意挑眉问了一句，就是想看看她猜不出自己在想什么的时候焦急的样子。

"是这样的……我这不是已经好久没见小白他们了吗？想他们了。而且你应该也愿意请他们一起吃饭的吧？"那幽幽问得有点儿没有底气，她早就察觉到了梁晓湛好像不怎么喜欢自己和林染白待在一起，虽然不知道原因是什么，但是梁晓湛确实给了她这样的感觉。

"如果我不愿意呢？"梁晓湛故意板着脸逗她。

第八章 一颗糖的回忆

"啊?"那幽幽难掩失望,又有点儿不可置信地看着梁晓湛,"你真的不愿意呀,那……那就算了,我打个电话跟他们说一声吧。"

梁晓湛没出声,任由她掏出手机给林染白打电话。实际上呢,他早就已经与同样去给林染白姐弟开家长会的陆之杉约好了一起吃饭的地点。只不过呢,逗那幽幽挺有趣的,他没忍住。

那幽幽当然不知道梁晓湛的想法,当着梁晓湛的面打电话又很尴尬,于是她低着头给林染白发短信吐槽。

梁晓湛径直将车开到了约好的地点的停车场之后,下车带着那幽幽往餐厅走去。路过路边的一间小商店,看到一大箱彩虹棒棒糖摆在门外,非常引人注目。

梁晓湛看了一眼,那幽幽也看了一眼。

梁晓湛忽然拐向了小商店,掏出了钱包:"你好,请给我一根。"

那幽幽不知道梁晓湛买那根彩虹棒棒糖要做什么,难道要给自己?不是吧……她已经上高中了啊。

梁晓湛付了钱之后,还真的就把那根彩虹棒棒糖递给她:"给你。"

"呃?这个……"

那幽幽伸手接过棒棒糖的样子,呆呆的,看起来很蠢,却又很……可爱。当然,梁晓湛是不会在她面前夸奖她的,只是说道:"考试进步了,很棒,奖励你的。"

梁晓湛说话的样子很严肃,可不知道为什么,他的双眸幽深,那眸底似有星光,那幽幽莫名地觉得他的眼神好熟悉。

"加油。"梁晓湛似有些不好意思,但是,还是板着脸又说了两个字。

他这种明明关心却又假装着有些冷漠的样子,让一个已经淹没在艰涩岁月里的回忆,在电光石火之间闪现到了那幽幽的脑子里:"你是……"

"什么?"梁晓湛看着那幽幽,不知道她为何这副惊呆了的表情,不就是一根棒棒糖,至于吗?难道是因为之前都没有人给她买过吗……

她大概……从父母去世之后,就再也没有人给她买过什么了吧?

那幽幽只觉得自己的心脏在怦怦地跳着,血液似被什么加热了一般要沸腾起来:是真的吗?梁晓湛真的是那年给她糖的那个哥哥吗?

父母去世之后,爷爷奶奶经受不起打击骤然病倒,大姑一家嘴上说着帮忙,其实一直都在暗地清点财产,意图侵占。每个人见了那幽幽,都会说好可怜,可是大人们从来没有安慰过她当时不知所措的心。她知道父母不在了,她不敢哭闹,因为无论她做什么爸爸妈妈都不会护着她了。所以她看起来有点儿呆呆的,只会不停无声地抹眼泪。在殡仪馆那天,亲戚朋友们来送爸爸妈妈最后一程,人很多,却没有人顾得上她。她想去看一眼爸爸妈妈,可是在从休息大厅走出来后不久,她就迷路了。

她当时特别委屈,特别想哭,但是又不敢大声哭,怕被说不懂事。然后,她就遇到了那个大哥哥。

对于只有七岁的那幽幽来说,那个大哥哥好高,很亲切也很温暖。他问:"小妹妹,你在这里做什么?你的家人呢?"

他的声音有点儿沙哑低沉,听起来却特别温柔,那幽幽觉得,他的语气有点儿像爸爸,于是更加难过了,眼泪又开始大颗大颗地往下掉。

第九章

大姑的谎言

我想去你心里住一生

一

七岁时失去父母的那幽幽不怎么信任大人,却对那个哥哥有莫名的亲切信任感,听他问起了家人,那幽幽的眼泪掉得更凶了:"我爸爸妈妈死了,我爷爷奶奶病了。我找不到回去的路了,我在等他们找我。"

那位小哥哥好像也没有哄哭泣的小女孩的经验,他站在一边看她哭了一会儿,什么话也没有说,只是递过来一颗还带着他手心温度的奶糖,说:"你知道站在这里等家人来,不乱跑,很乖,这是奖励你的。告诉我,你爸爸妈妈叫什么名字?我带你去找你的家人吧。"

"那嘉浩,丁善娟。"那幽幽接过了糖,像所有得到糖的小朋友一样轻轻舔了一口,虽然还在抽泣着,但已经不再放声痛哭了。

那天,小哥哥不但带她找到了她的家人,还在她临走的时候,对她说了一句"加油"。

那天之后,那幽幽一直记挂着那位小哥哥,但是,她从此都没有再见过他。也是在那天之后,她的生活便只剩下混乱与紧张,她一天一天地长大着,心也一天一天被现实煎熬着,她盼望着自己快一点儿长大,快一点儿拥有挣脱现实的力气。她也曾盼望过有一天能够重遇那个小哥哥,哪怕只是说一声"谢谢",但是,她能做的终究只能是在疲于奔命的现实中渐渐地将他遗忘。

直到今天,相似的情形再次出现,甚至眼前的这个人,似乎正在与她那年遇到的那个小哥哥的样子渐渐重合。她忽然想起了那悲伤无措的一天,那是她的父母永远地躺在两个小小的暗棕色盒子里的一天,那也是父母走后,她生命里唯一有一点儿亮光的一天。

那幽幽瞪大眼睛,用难以置信又急于求证般的眼神盯着梁晓湛看,她仔细地看他的眉、他的眼、他的嘴唇、他的下巴,她努力地在记忆里搜索那个美好的少年和眼前这个年轻男子相似的地方,得到的结果让她惊喜,也让她心慌:"大约在十年前,你曾经去过殡仪馆吗?"

"嗯?"梁晓湛被那幽幽那双似装了满天星斗般明亮璀璨的眼给小小地吓了一跳,这双眼睛实在是太明亮太……吸引人了,还有她的表情,为何这样丰富?只是一根棒棒糖,至于吗?那他以后要不要,每天都给她买一根?

"你告诉我!大约在十年之前,夏天!是夏天!就是暑假的那个时间里!一间殡仪馆,你曾经去过那里吗?"

那幽幽很急切地又问了一次,她没能忍住内心的激动,声音有一点儿颤抖:"请你一定好好想一想,有吗?你有去过吗?"

十年前?梁晓湛这下真的被那幽幽急切的神情给吓到了,他愣了一下,开始认真地搜寻以往的记忆。十年前的夏天,她的外婆去世了。

"好像是去过的。十年前的夏天,我外婆去世了。"梁晓湛又在心里确认了一下,给了那幽幽一个肯定的答案,"八月九日。"

二

"是你呀。"那幽幽在巨大的惊喜之后,反而迅速地平静下来,她看着梁晓湛的眼神,有点儿小心翼翼,又有点儿不可思议,还有点儿受宠若惊。

是真的吗?她不但重遇了那位给了她希望的哥哥,还在她最艰难,眼看要跌入深渊的时刻,再次出现并向她伸出了有力的手。

"怎么了?"梁晓湛自然没有读懂那幽幽的表情变化,她的眼神复杂得很,不知道在想什么。

十年前?是她父母去世的时候。殡仪馆?梁晓湛只愣了一秒钟,便知晓了那幽幽这奇怪表情的原因。是呀,十年前,他在殡仪馆遇到过她。那时正为外婆的离开而极度难过的他,遇到了一个孤独地站在角落里的小女孩,那个个子小小,大眼睛里含着眼泪却一直不肯哭的女孩,他心生怜悯,所以,他把兜里的一颗准备安慰自己的糖给她了。

我想去你心里住一生

更多的细节,梁晓湛不太记得了,但是那个有着一双乌黑幽亮眸子的小女孩楚楚可怜地望着自己的样子,他倒是记得清楚。

此刻想想,那幽幽虽然样子变了很多,但这双眼睛却与当年区别不大,只是更明亮,也有了更丰富的内容。

"哦,没事。"那幽幽本来想说,你不记得我了吗?我是当年你帮过的那个女孩呀!

可她……没再说什么,只是低下了头,快速小心地藏起了自己的一点儿惊惶与巨大的惊喜,以及将当年的相遇脱口而出的冲动。

梁晓湛就是那个哥哥,这也太幸运了!那幽幽心里受到了巨大的冲击……就像一个一直很穷的人,忽然之间得到了一笔天降横财,她又惊又喜又不敢相信,然后迅速决定将这笔财富藏匿起来,不让其他任何人看到。她感觉也许这样,就可以将这幸运保留更久。

"真没事?"梁晓湛自然不信,但是她现在又觉得十分庆幸,没想到那幽幽竟然记得他,也没想到,两个人的生命中竟然再次有了交集。只是,那幽幽刚才明明很惊喜,这会儿为什么又不说了?

于是,他的语气,也因此温柔了几分:"真的没事吗?"

"嗯。没事。"那幽幽此刻站在梁晓湛的身边,觉得一切都是命运给予的馈赠,她真怕自己开口说了什么,他会像泡沫一般忽然消失。

"嗯。"幸好,梁晓湛倒也没再追问。

在梁晓湛眼里,那幽幽这个小姑娘的心思一会儿一个样,他刚遇到她的时候觉得她真是花样百出,后来却忽然又极乖巧起来,当然,他知道那只是在他面前,在其他同学面前,大概又会是另一种模样。但正是她的丰富与多样,让他记挂她的心思一天比一天多了起来。这样关心她,也许是因为——同是天涯沦落人?

梁晓湛的心思已经远去,那幽幽的心却仍然在震撼之中。她真的好惊惶,惊惶于命运的巧合,又害怕这一切都会像她曾经拥有的一切一样失去。父母去世后的种种,她来不及去细想,也不敢去想,她怕回忆着那些艰难的点滴之后，她就再也没有坚持下去的勇气。她假装不在乎，只是因为不想哭得太难堪。

她强迫自己必须坚强，强迫自己必须把那些伤害与冷漠抛诸身后。那幽幽一直以来的坚强，只不过是用来掩饰内心的脆弱。

那幽幽忽然之间明白了，梁晓湛就是她的脆弱。就好像她以前孤身一人，什么也不怕，但是现在，她除了自己，还多了一个绝对不能失去的珍宝，那就是梁晓湛。毕竟，在爸爸妈妈去世之后，人生的希望少之又少，梁晓湛的出现，就像漆黑冰冷的世界里，唯一的一点暖光一样珍贵。

"想什么呢？都呆了。"那幽幽陷入自己的世界里，连林染白和林染墨何时出现的都不知道，直到林染白看她走神来拍了她一下，那幽幽才反应过来："啊，是……是糖太好吃了！"她回答得又急又快，好像生怕林染白不相信一样，又咬了小小的一口糖。

其实糖的味道也就是那样，甜。但是，因为这颗糖，她想起了与梁晓湛的初次见面，所以，她觉得这糖带来的甜蜜特别特别不一样。

"在学校挨饿了吗？"林染白白了那幽幽一眼，"啧，吃个糖都能呆成这样。"

三

那天的晚饭那幽幽显得特别乖巧，乖巧到林染白在和她一起上洗手间的时候取笑她："那幽幽，今天的表情不对呀。快老实交代，是想在小警察面前表现表现是不是？"

"我本来就很乖好不好？"那幽幽瞥了林染白一眼，"再说了，我还想他继续供我读大学呢，不乖一点儿人家能愿意嘛。"她说得理直气壮，努力地将心事藏好。不知道为什么，她过去几乎与林染白无话不谈，但是，此刻她却不想和她谈梁晓湛了。她想让梁晓湛从此之后成为她一个人的秘密。

"总之你不一样了。"林染白笑着断言,没有再追问。

那幽幽笑嘻嘻地反击:"你和陆警官相处的怎么样啊?有什么好玩的事说说呗。"

"唉……"林染白忽然叹气,"小墨做手术的钱还不知道在哪儿呢。我哪有心思想其他的事儿啊。"

"也是……"说到林染墨的情况,那幽幽也冷静下来,"我一定会考上医学院的。"

"你想做医生吗?不喜欢学医的话也没有必要考医学院。小墨也不知道能不能撑到那时候。"

林染白内心很不想接受林染墨随时会离开的事实,从小墨出生那天起,她和妈妈就在小墨不知道何时会离开的惊恐中度过。妈妈走后,是她一个人提心吊胆着,后来,多了一个那幽幽。林染白知道小墨心里也不好受,所以在他面前,她总是尽量保持乐观,绝口不提这件事情,但是,她每时每刻都在努力攒钱想等一个给他做手术的机会。

陆之杉曾经提起过,他可以先垫付林染墨的手术费用。但是,天生残缺的心脏并不是单单有钱就能治愈的,需要天时地利人和的合适时机。林染白知道自己要耐心等待,可很多时候她还是无法按捺住内心的焦灼。

"我想学医。医生赚钱多。"

"医生很辛苦的。还有,要很努力很辛苦才能做到。"

那幽幽点头:"对呀,所以我现在很努力。像我们这样的孩子,怕什么辛苦呢,对吧?"

"嗯。"林染白知道这些年来那幽幽经历的每一件事,她当然明白她的感受,所以她搭着那幽幽的肩膀,看着镜子里两个一高一矮的女孩说:"我们都加油吧,那幽幽。"

"嗯。"那幽幽看着镜子里比林染白矮了大半个头的自己,"奇怪,我才发现,我竟然比你矮那么多?"

第九章 大姑的谎言

"你比我小两年呢。"十九岁的林染白已经有一百七十厘米高,而那幽幽只刚刚超过了一百六十厘米而已。

"我好想像你这么高,最好能比你还高一点点。"以前那幽幽不曾介意过自己的身高,但是,现在她忽然觉得,自己在梁晓湛的面前,实在有点儿太矮小了。

"那你加油长吧!"林染白笑着勾住那幽幽的肩膀往外走,她个子瘦高,剪了短发,穿着运动长裤,看起来像个稚嫩秀气的男生,而那幽幽的一张小脸长得十分乖巧漂亮,林染白揽着她走出来的样子,远远看去像是一对感情很好的小兄妹。

还坐在座位上的三个年轻男子,眸子里的内容都很精彩,其中梁晓湛的眼神与陆之杉的眼神有些相似,都是带着温柔的笑意。与他们相比,林染墨的眼睛里却是一副晴空开阔的模样,就好像那两个揽着肩膀走过来的女孩就是他的整个世界,她们的快乐就是他的全部快乐一般。

"快吃快吃,要光盘不要浪费,吃完了我还要去打工。"林染白放开那幽幽,回到座位上。

"好。"那幽幽一边吃,一边偷偷看了梁晓湛一眼,这菜是不是点得太多了?他应该够钱付账吧?唉,出来吃饭太费钱了,梁晓湛天天加班就那么一点儿工资,还得供她去那么贵的学校,太不容易了。对,她得用功一点儿,争取不要再请家教了,一对一的家教多少钱来着?听说怎么也得好几百一节课,那么一天就是……

那幽幽在心里默默地算着账。梁晓湛看在眼里,只觉得她今天晚上的表现确实不太正常。所以,在送她回去的路上,梁晓湛试着和她谈心,问了学校里的事,也问了十年前的事情,但那幽幽都好像故意引开了话题似的,他也只好作罢。

回到家,那幽幽开门的时候,梁晓湛有点儿担心:都说什么叛逆期之类的,那幽幽该不会是到了叛逆期吧?

四

"那个……"那幽幽打开门,她不用回头都能感觉到梁晓湛在看着自己,她觉得他的眼神有点儿怪怪的,但是又猜测不出来那眼中的含义,该不会是还想问十年前的事情吧?她要不要和他说?呃,还是告诉他吧?虽然他看起来很冷漠,其实内心是一个很温柔的人,不是吗?

"嗯?"梁晓湛心里还在想着如何应对叛逆期的事情,他的脸上没有什么表情,看起来很冷,所以,那幽幽在看到他眼神的瞬间又放弃了:"没事。"

"晚上注意安全,明天下午我休息,带你出去买件棉衣。家教课都安排在上午,你七点半就要起床,老师八点到。"梁晓湛一句一句吩咐着明天的待办事项,用的是军训时长官对待学生的语气。其实他心里也犹豫,自己一直以来的态度是不是过于严厉了?但是一时之间,他好像又找不到更合适的语气和态度。

"知道了,梁晓……呃……叔叔再见。"那幽幽本来想改口,不想再叫梁晓湛叔叔,可是当她看到梁晓湛严肃的目光后,她又赶紧改了回来。

梁晓湛下楼的时候一直在思考:虽然他不是很喜欢一开始那个总是想方设法地逃跑还不断要挟他的那幽幽,但是眼下过分乖巧的那幽幽又让他开始反省自己是不是对她太严厉了,他还曾威胁过她,如果不听话、不好好读书就把她送回去——这她竟然也信,她姑姑那嘉英那样的一家人,他怎么会把她送回去?

也不知道是不是因为第六感的关系,梁晓湛在忽然想起那嘉英一家三口那副嘴脸的第二天,那嘉英就突然出现在了警局门口。

那嘉英说要把那幽幽带回家里吃吃饭,叙叙旧,因为这天正是那幽幽爷爷奶奶的忌日。那嘉英很会表演,说起父母的时候,甚至还掉了几滴眼泪,说什么爷爷奶奶生前最疼爱那幽幽了,没想到弟弟、弟媳在同

第九章 大姑的谎言

一天出事后,老两口没多久也去世了什么的。

梁晓湛本来想回去问问那幽幽的意思再说,谁知那嘉英主动开门上了他的车,说要和他一起去接那幽幽,梁晓湛只好沉着脸带着那嘉英一起回了家。

上楼之前,因为途中那嘉英问了很多关于梁晓湛工作、家庭的问题,梁晓湛留了个心眼,把车停好后立刻给那幽幽发了一条短信。

那幽幽本来在中午下课之后火速地做了三菜一汤,想和梁晓湛一起吃午饭的,看到梁晓湛的短信,她马上联想到了大姑那种无事不登门的个性,赶紧手脚麻利地把饭菜都收了起来,桌上就留了一个炒白菜和一碗米饭。

那嘉英一路上打听到了这个房子是梁晓湛给那幽幽租的房子,方便她上学;警察的薪水是一个月五千块钱,房租一年两万多。

那嘉英进门看到屋里很简单的家具和装修,还有小餐桌上的一碟炒白菜和一碗米饭,顿时"眼泪"就出来了:"哎哟,我们幽幽哦,都饿瘦了!"

那嘉英一边说着话,一边就朝那幽幽扑过来,想要拥抱她。那幽幽闪了一下身,避开了:"大姑你坐,有什么事吗?"现在离爷爷奶奶的忌日都过去一个多月了,所以大姑来肯定不是因为这个,肯定是有其他的什么事。

"有事!当然有事呀!你收拾收拾,跟大姑回家去!这里这么小,哪是人住的地方!你一个姑娘家,在外面住也不安全!房间是这个吧?我帮你收拾衣服。"那嘉英说着话就要往梁晓湛的卧室里走,那幽幽当然不能让她进去了:"大姑!这房间是房东的,人家不让打开。那边才是我的房间。"

"不让打开?里面不会是藏着什么东西吧?这么见不得人吗?"那嘉英瞬间侦探上身一样脑补了不少电视剧,"如果不是见不得人的,那我看看又怎么了?哎哟,我就看看我又不会拿什么……算了,不看就不看吧……啧啧,这桌子小的……你怎么能住这样的地方?万一那个房间里藏着什么不可告人的危险怎么办?"

"不会的,叔叔是警察。"那幽幽真的好想跳起来把大姑赶走,但是又深深知道大姑一家全都是不管有理没理都要撒泼打滚占便宜的人,她若是真强硬起来,一时之间还挺难搞的。于是那幽幽生生扯出一个僵硬的微笑:"大姑,你到底有什么事呀?"

"没什么事,就是想让你回家去住。以前是大姑错了,大姑已经把你的房间重新装修过了,门也给你换了新的了。你又不是孤儿,干吗非要跑到别人家去,还要别人的资助?赶紧收拾收拾跟我回家去吧。来,我帮你收拾,袋子呢?"那嘉英说着话就已经打开了那幽幽的房间门并眼疾手快地拉开了衣柜,开始从里面掏衣服,那幽幽看着她粗鲁的动作,赶紧过去抓住她的手腕:"大姑!我自己来,你到外面等我吧!"

那幽幽因为着急,声音有点儿尖,梁晓湛几乎是条件反射地从客厅蹿到了房间门口:"怎么了?"

"没……没事!"那幽幽有些尴尬地从大姑手里夺过自己的小背心藏在身后,"大姑,你去歇着吧,我自己收拾。"

"那你动作快点儿!"那嘉英看着还穿着警服的梁晓湛,也没敢太过分。

她走到客厅,对自己之前在梁晓湛面前撒过的谎丝毫不顾忌:"梁警官呀,是这样的,我和我们家那口子商量过了,觉得我们过去那样对幽幽确实不对,也太对不起我那命苦的弟弟和弟媳了。这不是前阵子是我爸我妈的忌日吗?他们托梦给我,把我骂了一顿,说我们幽幽在外面受苦呢,让我一定要把幽幽给接回去抚养成人。我这个人呀,别的不说,孝顺那是尽人皆知的。我爸我妈生病的时候每天都离不开人,我弟和弟媳都不在了,可不都是我伺候着?既然他们托梦批评了我,那我知错就得改,所以,今天我就来把幽幽给接回去。这段时间谢谢你照顾我们幽幽了,以后就不麻烦你了。"

第九章 大姑的谎言

梁晓湛没有说话,只是用眼角余光扫了眼正在房间里假装收拾衣服的那幽幽,她不情愿的态度,他看得很真切。那嘉英这样的人,要接那幽幽回去,绝对不会有什么好事。所以,梁晓湛冷着脸说:"刚才你说,今天是幽幽爷爷奶奶的忌日?"

"啊?"那嘉英愣了一下,才想起来刚才为了骗梁晓湛带她来找那幽幽所说下的谎言,"那个啊……是啊是啊,是她爷爷奶奶的忌日,虽然过去了几天,但是我们家不是特殊情况吗?人不齐,所以非要等幽幽回去才能去祭拜嘛。幽幽,你好了没有呀?收拾几件得了!以后姑再给你买新的!"那嘉英面对着梁晓湛,不敢继续瞎扯下去,改成扯着嗓子叫那幽幽了。

大姑那声音,传到那幽幽的耳朵里,真是一声惊过一声。她咬了咬牙,下了狠心,走出房间直接说:"大姑,我不回去,我要在这边上学。如果要去给爷爷奶奶扫墓,我自己直接去陵园就行了。"

"哎哟,你这丫头怎么可以这么绝情呢?什么就不回去了?我房间都给你装修好了,你回去看看就知道了!大姑是真心接你回去的,你要是不回去,不是让我每晚都睡不安生吗?你爷、你奶、你爸、你妈,天天晚上都托梦让我把你接回去呢!"那嘉英一听说那幽幽不回去,声音都高了八度,"小孩子不要任性!快点儿拿着包,这就走!"

眼见那嘉英说着话就要拽她的胳膊,那幽幽吓得一激灵,与大姑家相关的不好记忆又浮现出来。她长得瘦小,被那嘉英一把抓起像扔垃圾一样摔到一边的事情也不是没有发生过,所以那幽幽下意识地躲开了。

梁晓湛敏锐地察觉到了那幽幽的害怕,他不动声色地挡在了那幽幽的身前:"回去拜祭拜祭爷爷奶奶可以,今天我刚巧休息,我送她回去,晚上再把她送回学校,她明天还要上课。现在高中了,课业紧张。"

梁晓湛的语气冰冷,眼神更冷,看得那嘉英不禁打了个寒战,心里虽然不甘愿,但是也只得应了下来:"反正总得是要回去的。"

下楼的时候,那幽幽表现得很不情愿,她伸出手扯了一下梁晓湛的衣角，张开嘴无声地对他说不想回去。梁晓湛看她委屈的样子，什么也没说，只是趁那嘉英已经钻进车里的瞬间，小声地跟她讲了一句："先去看看是什么情况。"

那幽幽听梁晓湛这么一说，吊起来的心这才慢慢落了下去。对，有梁晓湛在呢，他曾亲眼见过她在大姑家的遭遇，他不可能亲手把她再送回去的。而且，就算梁晓湛到时候无法应付，她自己也可以提前想好逃跑的路线的，多想点儿办法，总归也能活下去。

那幽幽上了车，那嘉英一双眼睛死死地盯着她，就像是盯着一笔钱一样。那幽幽没来由地感到可怕，大姑该不会是已经把她给卖掉了吧？

梁晓湛开车向那家驶去，心里也在盘算着各种情况的应对办法。看那嘉英的样子，肯定是因为那幽幽身上还有利可图，但这个利究竟是什么，他暂时还猜不出来。难道是李小帅还想着把那幽幽签约去做什么模特？那种事如果发生在那幽幽身上……梁晓湛不敢细想，他怕自己会控制不住情绪愤怒得要打人。

五

车子停在巷口。

那嘉英兴高采烈地拉着那幽幽走在前面，梁晓湛冷着脸跟在后面。那嘉英本想打发梁晓湛让他走的，可是看了一眼他的黑脸后，没敢出声。

那幽幽虽然知道有梁晓湛在，可一想到李福怀和李小帅，她的心还是吊了起来，神情有些焦急。梁晓湛面无表情地低着头走，眼睛却没有错过路两边的墙上所写的大大的"拆"字。

看到这些，梁晓湛心里大概有数了，他已经猜到了那嘉英这般大张旗鼓地要把那幽幽接回来的原因。拆迁户可以按照人口数得到相应的补偿。那幽幽与那嘉英的继承权是一样的，一人一半。没了那幽幽，那嘉英能拿到的钱，大概只有一半左右。那嘉英此刻算计的，应该就是先利用那幽幽的身份，得到全额补偿，然后再将那幽幽的钱吞掉。

梁晓湛并不缺钱，母亲去世之后，将自己的私有财产全都留给了他，在他大约十七岁的时候，就将那些钱陆续交给专业的投资人。这几年下来，他多多少少也算得上是传说中的隐形富豪了。

尽管如此，梁晓湛却比任何人都清楚金钱的诱惑会让人变成什么样子。他十七岁考入警校，十八岁被选中做卧底，在案件告破之前的那近两年的时间里，他见到了太多因为金钱而出卖尊严与自我，甚至道德沦丧到了极点变成了恶魔的人。

正因为梁晓湛太过了解在金钱与人性的较量中，人性往往被打败的次数更多，所以，此刻他对那嘉英一家的企图已了然于心。

进屋之后，那嘉英热情地招呼梁晓湛坐下喝茶，又叫那幽幽快去看看他们为她装修一新的房间。此刻，李福怀居然在厨房里做饭，李小帅被那嘉英从房间里拽出来的时候，冲着梁晓湛冷哼了一声，然后对着那幽幽挑挑眉，戏谑地说道："表妹，越长越漂亮了哦！"

在李小帅出声的瞬间，梁晓湛的拳头不自觉地握紧，他目光如刀地扫向李小帅。

那嘉英也有所忌惮地赶忙拍了李小帅后背一掌："你不会说话就别说！狗嘴里吐不出象牙！"说完又推着那幽幽去看她的小房间，"快进去看，给你买了新床！还有新衣柜！还给你换了新的门！你看你看，多气派！"那嘉英大声地嚷嚷着，生怕那幽幽以为这些都是拆迁邻居丢弃的家具一样。

那幽幽几乎是强硬地扭着身体，才从那嘉英的手掌下逃脱，然后快速地站到了梁晓湛的身后："大姑，有什么事你就说吧，我还得回学校呢。"

"回什么学校？在家里住！明天早上再去学校！"那嘉英大手一挥，中年发福的身体往沙发上一坐，"坐！你们都坐啊。幽妮儿，坐过来，大姑跟你好好聊聊。"

那幽幽看着大姑拍着沙发的手,就像看见刑具一般恐慌,她哪里肯过去坐,就直直地站在梁晓湛身后不动,甚至还伸出手扯了一下梁晓湛衣服的后摆。

梁晓湛依然冷着脸,不动声色地坐到了那嘉英对面:"你请说。"

"哎呀,警察同志,我们知道是上面派你来管我们家幽幽的事情,但那是过去了,过去我们家没有钱,是比较困难。现在不一样了,现在我们要拆迁了,有钱了,以后我们供幽幽上学就没有问题了。所以你帮扶我们家的事情,就到此为止了吧,我们以后就不麻烦你了。你看你是不是……"

那嘉英本来想说让梁晓湛先走的,但是话还没说出口,就被梁晓湛给打断了:"我们半年前签的那份扶助协议上,已经说明了我有那幽幽的监护权,附加条例里也说明了她满十六岁之后,有自己选择监护人的权利。"

"嗯?什么监护权?什么协议?"那嘉英一时蒙了,他们家当时那种情况,她巴不得把那幽幽给扔出去呢,所以当时看都没看就签了梁晓湛拿出来的什么帮扶协议。至于协议里的内容,她还真不清楚。

"协议一式三份,一份给了你,一份在我这里,还有一份在律师那边。你可以再看看那份协议,上面确实有这些条款。"梁晓湛的语气平平淡淡,言语间的强硬却不容置疑。

那嘉英顿时又傻眼了,那什么协议,她压根儿就想不起有过这种东西,到底给放哪儿了?

"那幽幽,你愿意回来和大姑一家一起生活吗?"梁晓湛可不想跟那嘉英浪费时间,他直接询问了那幽幽,只等着那幽幽表态之后把人带走。

"不愿意!"那幽幽配合得超级迅速,"我喜欢自己在外面住,我也喜欢住在学校里!"

"欸,你……"那嘉英一下子被这反转能弄得卡壳了,心里一急,也顾不得委婉了,"欸,我说你这孩子,怎么不识好人心呢?我让你回

第九章 大姑的谎言

来住你就回来住！你回来后，能多分五十万！还能多分五十平方米的房子！你在外面租人家的房子有什么好的？等分了房子你就有新房子住了！不过你现在还小，钱呢大姑先帮你存着，等你结婚给你办嫁妆。外人啊始终是外人，大姑我才是你的亲人，我难道还会害你不成？"

那嘉英说得很直接，言语间对于金钱与利益的渴望暴露无遗，李福怀在厨房里听着妻子这么大大咧咧就把他们真实的目的说出来了，一时焦急，拿着锅铲就跑出来了："你这婆娘，瞎说什么！幽幽呀，我们不是图你那部分钱，我们是说要为你的将来做准备，你看你也是个大姑娘了，以后总要嫁人的，是不是？"

李福怀不解释还好，他这么一解释，梁晓湛的脸更黑了，他"唰"地站了起来："那幽幽，时间到了，该回学校上课了。

第十章

喂,要不要做我的"学弟"

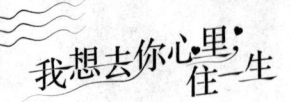

一

梁晓湛连基本的告辞都没说,阴着脸就往外走,努力克制着自己的愤怒。

那幽幽在这种时候也十分机灵,她几乎是小跑着紧紧跟在梁晓湛后面出了门,在跑到院门口的时候还特意加速跑到了梁晓湛前面去给他开院门,这在紧跟着追出来的那嘉英和李福怀眼里看来,那幽幽的这个动作真是跟个"小狗腿"差不多。怎么回事?在他们面前油盐不进的野丫头,怎么看起来竟然像是被那小警察驯服了一样?

梁晓湛走得很快,那幽幽跑得更快,所以等两个人迅速地消失在街口处后,那嘉英才反应过来:"这……"

李福怀手一甩把锅铲扔在地上,他咬牙切齿狠狠地说:"他不是警察吗?他不怕我们,还能不怕他领导?"

李小帅啃着一根香蕉也跟了出来:"我早就跟你们讲了,那幽幽那丫头长得好看,签给模特公司肯定能捞一笔大的钱。这可好,现在人财两空了吧?"

"就你马后炮!"那嘉英吼儿子,她心里生气,也矛盾得很。她的弟弟,那可是从小到大都是方圆十里的美男子,娶回来的弟媳也长得好,他们俩生出来的女儿,能差到哪儿去?可真叫她这个亲侄女签给儿子所说的那种模特公司里去,她又觉得过意不去。本来,弟弟、弟媳留下的财产能让那幽幽生活得很好,可是因为她……想到自己后来的所作所为,那嘉英回头骂丈夫、儿子骂得更凶了。

那幽幽上了梁晓湛的车后,就一直没有说话,而是沉默着别开脸看向窗外。她满脑子都在想一个问题:要怎么样才能拿到属于爸爸的拆迁补偿款又不用回去和大姑一家生活在一起呢?

她想要那笔钱,那笔钱可以让她读完书直到自立,而且梁晓湛也还年轻,她不想他因为要供自己上学而错过了去做自己想要做的事情。但

第十章 喂，要不要做我的『学弟』

是，她非常清楚自己搬回去住后会有什么样的后果，且不说表面和气背地里却有着恶毒主意的姑父与表哥，就连大姑，她都有些难以应付。想到刚才被大姑用蛮力拖着的样子，那幽幽一阵后怕。

那幽幽的思绪乱七八糟的，看在梁晓湛眼里，却觉得这个小姑娘怕是给彻底吓蒙了，都不说话了。

梁晓湛没有开车带那幽幽回学校，而是带她去了公墓。他之前听那嘉英提起过公墓的地点，也猜到了那幽幽的爷爷奶奶和爸爸妈妈应该都是在这个公墓里，于是途中还特意停车买了两束花。

那幽幽压根儿没想到梁晓湛会带着自己来这儿，她在车上瞪着公墓的牌子一瞬间愣住了。梁晓湛拿出放在后座的鲜花，顺便也帮那幽幽打开了车门："下车吧。"

那幽幽几乎是一脸呆滞地下了车。她已经有好久没来看过父母了。

公墓离市区很远，小的时候，要大姑带着才能来。后来她自己会搭公交车了，才开始年年来拜祭。有时候实在想他们了，也会偶尔偷偷来。这一年里发生的事情太多了，她有书读，有了可以为之努力的目标，好像就没有以前那样想念父母了。所以今年父母的忌日她并没有来这里，至于爷爷奶奶，如果不是大姑提起，她都快要忘记了。此刻，站在这里的她有点儿激动，有点儿感动，也有点儿胆怯，她害怕自己会难过得哭出来，又担心自己如果不表达一点儿什么，会让梁晓湛觉得自己很无情。

那幽幽傻乎乎地站在原地，梁晓湛问："在哪儿？你自己去，还是我陪着你去？"

"哦，那边。"那幽幽没有回答完梁晓湛的问题，而是低头往父母的墓地走去，梁晓湛没有细想，赶忙跟了过去。

公墓的环境很好，绿植遍地，幽静又干净。当初那嘉英为了彰显自己孝顺并且绝对不会私吞弟弟的财产，不管是弟弟、弟媳的墓还是父母的墓，都花了不少钱，当然，她也因此顺利地接下了弟弟和父母的财产，过了两三年挥霍无度的日子。父母现在所在的公墓环境很好,这也算是这么多年以来那幽幽心里唯一的一点儿安慰。

走到父母的墓前,那幽幽习惯地先说了声:"爸爸、妈妈我来啦!"随后低头去捡风吹落在地的树叶与枯枝,再拔去周边一圈长歪了的杂草。

看着她赤手拔草,那骨感纤细的手指被草根勒得红红的,梁晓湛眉头微锁,将手里的花束递给她,然后一言不发地低头接过了她的活儿。打扫墓园这种事情他也常常做,妈妈的墓、外婆的墓,都是他一个人包办的。

二

梁晓湛不但帮着那幽幽把她父母的墓地给清扫好了,还趁着那幽幽跟父母说话的工夫,帮她把爷爷、奶奶的墓地也清扫了。一切整理妥当之后,他借口说要去洗手间洗洗手,走到了远一点儿的树下等她,然后出于职业习惯,不自觉地观察起周围的环境。

小路上驶过的一辆车子引起了他的注意,他愣了一下,又仔细确认了一遍那个车牌号码,才若有所思地将眼神转回到了那幽幽身上。

那辆车……她来这里做什么?

"叔叔!我们走吧。"那幽幽没让梁晓湛等太久,她其实是有很多话要对爸爸妈妈说,可是,看到梁晓湛就站在这里,她有些话还是说不出口。反正爸爸妈妈应该也放心了,知道现在有人保护她了。爸爸妈妈,应该也看得出梁晓湛是一个很好很好的人吧?那他们,也能看得出她的心事吗?那些她现在还不敢说的心事……

"好。"梁晓湛应着,又看了一眼那辆已经驶下山的车。那幽幽敏锐地察觉到了他面色细微的不对:"那辆车有问题吗?"

"没有。"梁晓湛语气轻松地否认了。车肯定没有问题,有问题的是车里的人。不过,就算有什么问题,也不关她的事。

第十章 喂，要不要做我的『学弟』

"以后想来这里的话，随时告诉我就行了。"

"哦。"那幽幽突然间心里有点儿酸酸的，却又暖暖的，似乎有泪水要从眼睛里掉出来。这种时候哭，会显得很脆弱、很矫情吧？她开始深呼吸，试着把眼泪逼回去，顺便转移了话题："我饿了。"

"嗯。"梁晓湛也饿了。中午他本来是要回家吃那幽幽做的饭的，被那嘉英这么一搅和，饭也没吃成。

"那我们回家吃吧。家里有饭，我都做好了。"

"在外面吃。"

"回家吃吧……在外面要花钱的。"

"没关系。"

"叔叔，你的理财意识不行，这样会穷很久的……"

"……"

"所以还是回家吃吧，正好吃完饭我也要收拾书包。"

最后，梁晓湛还是妥协了。

两个人吃完"午饭"已经是傍晚了，梁晓湛还要带那幽幽去买冬装，但那幽幽说什么也不去了，梁晓湛只好送她回学校。一路上，那幽幽一再欲言又止，让梁晓湛好奇了好一会儿，最后，他只好开口问："什么事？"

"呃？"那幽幽心里还在犹豫，想着关于这件事是不是先去问问林染墨，毕竟林染墨超级聪明，说不定他会有办法呢？

"说吧。"梁晓湛已经确定她有事了。

"那个……我想先问问小墨再跟你说。"那幽幽在心里做了决定，如果先告诉梁晓湛，肯定会麻烦到他……

"为什么要先问林染墨？"

"因为小墨……很聪明？"关于林染墨是天才这件事，已经是公认的了，他记东西超级快，知识面又超级广，那幽幽觉得如果不是他身体有问题，林染墨几乎是全能的了。

"到底什么事。"梁晓湛说这一句的时候,已经不再是疑问句式而是陈述句式了,那幽幽几乎在瞬间就决定投降,因为她觉得梁晓湛似乎是生气了。

"就是……我想得到那笔钱,但是我又不想回去住。"

"你想要那笔钱?"梁晓湛面色缓和了一点儿,但是目光还是很冷,"你想要那笔钱做什么?"

"交学费呀,还有生活费呀什么的……"那幽幽一边说一边仔细地观察着梁晓湛的脸色,"而且那是属于我爸爸的钱,即使给了我大姑,他们也会很快输光的!"这个理由,很充足了吧?

"我会处理的,你只管好好上学就行了。"梁晓湛下了结论,并且又加了一条规定,"有事要先找我商量,我才是你的监护人。"

"哦。"那幽幽悄悄地撇了撇嘴。

"那个……"那幽幽为了转移尴尬,决定换个话题,"那个……我可以问你一件事情吗?"

"问。"梁晓湛只简洁利落地回答了一个字。

那幽幽悄悄地深呼吸一口气,然后才问道:"我想问,你是什么时候想做警察的?"

"考上警校的时候。"高中时期,他的成绩很好,就是有点儿叛逆。父亲希望他今后从商,考理工大学然后出国留学。可是他闷声不吭地将志愿都填了军校或者警校。这么多年过去,连他自己都分不清了,他是为了气父亲,还是因为自己想做警察才考的警校。

"呃?难道不是想做警察才考警校的吗?"那幽幽迅速发现了问题,"这么说你的理想一开始并不是做警察?"

"嗯。"梁晓湛顿了一下。

"那你的理想是什么?"那幽幽问这个的时候,眼睛都在发光,知道了他的理想,以后她就可以朝着他的理想去努力,也许自己可以替他完成那个理想呢!

三

"没有理想。"梁晓湛淡淡地回答了那幽幽,思绪却渐渐飘远。

关于理想,他有的。

在他七岁的时候,原本身体健康的妈妈忽然开始生病,先是身体疲惫,之后是昏睡,再后来就没有再醒来过。他不知道妈妈得了什么病,医生们也都不知道。那是他生平第一次明白什么叫作无能为力。妈妈刚开始生病的时候,医生们查不出病因,他曾经暗暗下过决心,等他长大后要做一名最厉害的医生,把妈妈的病治好。可是,妈妈没有等到他长大就离世了。之后,他有了继母,有了弟弟。自从外公外婆相继去世之后,妈妈也渐渐被人遗忘。

当然,他并没有忘记当时的理想,只是,他为之努力的那个人不在了……

"真的没有吗?"那幽幽不相信,"可是,你说过,我们每个人都有理想的。"

"嗯。"梁晓湛被她问得有些心情低落,话变得更少了。

"要不你现在想一个理想吧!我以前也没有,不过现在我有理想了!做医生收入高又能帮到小墨,所以我要做医生。你想做医生吗?"那幽幽继续追问,甚至有点儿急切。

"还好。"梁晓湛不知道这小姑娘又想到什么了。

"那你不喜欢做警察的话,也做医生好吗?"那幽幽完全不去考虑梁晓湛已经二十三岁了,对于从没有接触过医学专业的人来说,想要做医生,谈何容易?可是那幽幽又是问得理所当然,她觉得梁晓湛很厉害,也很聪明,他想做医生的话,就一定做得到!

"你一定会做医生吗?"梁晓湛没有回答,反而反问了那幽幽,女生的心思一日三变,他不知道她是否能够坚持。

"嗯,会努力考医科大学的。"那幽幽点头,很认真,"我以后要挣钱把学费还给你,如果我工作的时候你还在读书的话,我也会供你上学的!"

如果等她考上大学的时候,梁晓湛才开始去学的话,有可能会成为她的后辈?想到这个,那幽幽忽然觉得有趣:"呀,那你要是不做警察改做医生的话,会不会是我的学弟什么的?哈哈哈……"

"不可能。"那幽幽那句"学弟"让梁晓湛十分抗拒,他哼了一声,"就算我改行,也一定会是你的前辈。"

"哦。"那幽幽本来想表示不服的,但是她又觉得,梁晓湛应该会是那种说什么都能做到的人,所以,她没敢说。

两个人聊着天,那幽幽把大姑带来的烦心事给抛到脑后了。到了学校,她高高兴兴地说了"再见"就跑进学校了。

梁晓湛看着那幽幽的背影消失,沉默了一会儿,还是下车走到校门口的保安室,跟校保安交代了几句,嘱咐近日可能有不明人士会对那幽幽进行骚扰,让保安除了他之外不要向任何人透露那幽幽的有关消息。

梁晓湛穿着警服,说得郑重其事,所以校保安也郑重其事地做了笔记,并给所有保安都传达了下去。

梁晓湛驱车离开,去找了他的律师朋友。

那幽幽大姑一家唯利是图,有些事情,他不得不提防着。

四

"这是……什么意思?"那嘉英看了一眼手里的文件,又看了一眼梁晓湛,再看了一眼西装革履的律师,律师给了她一个很职业化的微笑:"需要我再向您解释一遍吗?"

"哦,那个……你等一下。"这位律师已经向她解释过两次了,但是她还是不愿意相信,扯起嗓子叫李福怀,"老公!老公!你快进来!"

那嘉英平时看起来咋咋呼呼的,但事实上,家里的很多事情都是李福怀的主意。她外向彪悍，李福怀阴沉奸猾，所以有什么拿不准的事情，她都需要李福怀给她做主。李福怀呢，这会儿也正猫着腰在门外偷听呢，一听到喊他，马上就推门进去了："我来了，怎么了？"

"你来看看，这个什么协议……"那嘉英一把将丈夫推到了律师面前，"那个……什么律师来着？你给我老公说说！"

"黄静澜律师，你们可以叫我黄律师。"仍然是职业化的微笑，只是不动声色地后退了一点儿，让自己与李福怀之间保持了安全的人际交往距离。

"黄律师呀，我是那幽幽的姑父，从小抚养她长大的，你再给我说说这协议的内容吧。"李福怀看起来就是一个瘦高个儿的普通中年男子，但一双眼睛无时无刻不闪着精光，透着算计。

"是这样的，这份协议主要是两项内容：一是在那家的老房子拆迁中，那幽幽那份拆迁款与补偿住房，可全部归你们处理；二是要求你们同意从此放弃那幽幽的监护权，那幽幽的上学以及未来的各项事宜，你们均无权再干涉。"黄静澜已经详细地向那嘉英解释过两次了，对于李福怀，他就长话短说。很明显，比起那嘉英，李福怀更容易权衡利弊。

"都给我们？不会再有纠纷？那丫头……哦，幽幽不会反悔吗？"李福怀眯起原本便不大的眼睛，有点儿不可置信，"就这么白给我们，她为的是什么？"

"为的是刚才说的第二条。"黄静澜依旧沉稳冷静地回答，"我的当事人觉得和你们居住在一起不是很愉快，所以她想以此为条件与你们今后划清界线。"

"什么意思？怎么就不愉快了？我们虐待她了吗？我们供她吃穿、供她上学的！"那嘉英怕这话传出去不好听，赶紧澄清，"我弟弟、弟媳走的时候那幽幽还是个什么都不懂的孩子呢，你没有孩子，不知道带孩子有多累、多难！"

"我们经济条件不好，带大幽幽，确实比较艰难。这一点你们可以去打听一下。"李福怀也说得一本正经,心里想的却是邻居们都知道他们家李小帅不好惹,估计有人打听了也不敢乱说话。

"我们调查的资料表明,从那幽幽八岁到去年,你们只向学校缴纳过一次杂费和校服费,其他的任何费用,都没有交过。在学校那边,我还找到了一些你们去学校要求学校给助学金的签字记录。"黄静澜律师淡定从容地拿出来一些资料,"这些是复印件,你们需要确认一下吗?"

那嘉英看着律师递过来的资料,整个人都愣住了:"这个……老公……"

"不用看了。你们都带着协议来了,我们不签能行吗?"还是李福怀看得透彻些,知道梁晓湛既然带着律师过来,肯定做了万全的准备。那幽幽从小就不是个笨丫头,而且她越大越不好控制,与其留着她纠缠多多,还不如现在就签了这协议,拿到眼前的钱和房再说。至于以后,哼,以后那幽幽那丫头真有什么了,再想办法就是了。

"话不是这样说,你们可以选择不签协议的。根据有关法律规定,那幽幽有独立的户口,她的父母有权继承那家一半以上的房产,她父母已故,她就是唯一的继承人。这个价值应该比这五十万加五十平方米的房子多吧。而且那幽幽父母留下了两处房产给她,那些房产我听说已经由你们代表转卖了,那两处房产虽然不是黄金地段,但以现在的房价来看,总价也在三百万以上。按照法律,这些钱也是属于那幽幽……"黄静澜漫不经心地翻着手里的资料,每一句话都像刀子亮出来一样在那嘉英和李福怀面前闪过,这两口子顿时都蒙了:照这么说,他们如果不签这个协议,不但分的钱少了,还得赔偿那幽幽三百多万?

"哎呀,黄律师呀,我们不是这个意思。我们的意思是,幽幽毕竟是我老婆的侄女,她父母走得早,她的亲人也就剩我们了,怎么能说不管就不管呢?我们让她回来也不是为了她这钱,我们的意思就是,她和自己的亲人住在一起,肯定比在外面住好呀。"李福怀巧舌如簧地急于澄清自己,还帮那嘉英做了决定,"这事儿放我身上还好说,可我老婆受不了呀，幽幽是她在娘家唯一的亲戚了，她哪里舍得？可是呢，幽幽也大了，孩子大了要独立，我们也不能一直不放手啊。老婆，你说是吧？"

李福怀说得道貌岸然、一板一眼的，那嘉英就服老公这张嘴，赶紧点头："是呀是呀，我就是这样想的。"

夫妻双簧表演得很好，梁晓湛站在窗边沉着脸，一直没说话。

黄静澜看了一眼梁晓湛，知道他已经不耐烦了，其实他也已经开始烦躁了，这都什么破事儿啊，至于要让他亲自来处理？他身兼两职忙得飞起还得被他揪来办这种家长里短，真是……这那幽幽是什么人物？值得梁晓湛这样兴师动众？黄静澜起了好奇心，但是一直都从梁晓湛嘴里问不出什么来，他也只好放弃了。他沉着脸看向李福怀夫妇，那眼神很明白：爱签就签，不签拉倒，反正怎么样我都有办法。

李福怀是一辈子都想占别人便宜的人，当即就推了那嘉英一把："老婆，幽幽大了，由她吧。别伤心了，签吧。"

听老公这么一说，正中那嘉英下怀，当即就拿起了笔："签哪儿？"

五

从那家的小巷子里走出来的时候，黄静澜看着手里的文件袋子，一脸嫌弃地把它扔给梁晓湛："你说你做警察就好好做，你管别人家这些鸡毛蒜皮的事做什么？这那幽幽，看资料还只是个高中生，你真想帮她，直接让她拿到这笔钱不好吗？"

"手续都没问题了？"梁晓湛没有正面回答，只是掂了掂手里的文件袋，眼底闪过一丝笑意：这下小姑娘算是和那嘉英一家没什么瓜葛了。至于他害得她没能得到补偿款的事情……还是暂时不要让她知道吧。

"我办的事，怎么会有问题？"黄静澜横了梁晓湛一眼，"我还以为是什么了不得的大案子，我这种律师，至少应该是你爸那种级别才能找我的，好不好？就这点儿小破事还要我亲自跑，喊。"

"欠你一次。"梁晓湛也没和好友斗嘴,他知道黄静澜忙,可这件事情,毕竟有一点儿那么不"光明正大",找别人他不放心。

"你说的!"黄静澜忽然有了兴趣,脸上完全没有了刚才在那家那种精明大律师的范儿,一脸的八卦和好奇:"这那幽幽是谁呀,让你这么上心?"

"就一个小姑娘。"梁晓湛澄清了一下,却看到黄静澜脸上的八卦意味更浓了,他瞬间冷了脸,"再乱打听,欠你的人情取消。"

"别呀,我就随便问问。"黄静澜说了不问,但还是忍不住,"长啥样,总能说吧?"

"不能。"梁晓湛白了黄静澜一眼。

"这么保密?"黄静澜嘿嘿地笑,"我更好奇了。"

"我走了!"梁晓湛打开车门钻了进去,黄静澜也跟着上车,却被他拒绝了,"你自己打车吧,我有任务。"

"什么!"黄静澜愣在路边,简直不敢相信梁晓湛竟然变成了这种过河拆桥的人!梁晓湛把他从繁忙的工作中拉出来为他办事,然后连把他送回去的责任都不负了?

梁晓湛突然决定趁着午休去见那幽幽一面,告诉她事情已经办好了,让她不要担心,有时间的话还可以带她去商场买几件冬衣。

"叔叔?"

那幽幽把时间排得特别紧,甚至连午休的一个小时她还安排了半个小时去补课。她刚想去上课,就听说她的家长在接待中心的餐厅等她。通知只说是"家长",没说是梁晓湛,那幽幽跑过来的时候,都有点儿心惊,她很害怕是大姑一家来学校找她。看到梁晓湛的身影,她怦怦乱跳的心才落了地。

"嗯。"梁晓湛淡淡地应着,幽深的眼神打量了她一眼,天气已经冷了,她还只穿着校服单衣:"冬天了,学校还不让穿外套吗?"

第十章 喂，要不要做我的"学弟"

"宿舍和教室都有暖气呀，平时也不怎么在外面活动。"对于这一点，那幽幽真的已经很满意了。以前一到冬天她就很惨，外套都是小时候的，大姑愣是一件新大衣都没给她买过。大姑家不但没有暖气还阴冷潮湿——每年一到冬天，特别是寒潮来的时候，她都觉得受罪极了。不过这个冬天她觉得很幸福，放假的时候，梁晓湛车接车送，平时在学校的条件也很好，比起过去的那些个冬天，她真是舒坦得都有点儿想哭。

"你大姑家，你不用再回去了，已经都处理好了。"梁晓湛说完这一句，停顿了一下，"但是没有钱，也不会有房子。"

"哦？没有呀……"那幽幽很失望，她还想着自己终于有点儿钱了，不用再拖累梁晓湛了呢。不过想想，没有钱就没有钱吧，不用回大姑家也不错，"嗯，好。真的不用再回去了吗？"

"嗯，以后我是你唯一的监护人。"梁晓湛说完这一句之后，眼睛紧紧盯着那幽幽的脸，想看她有没有抵触的表情，令他满意的是，小姑娘坦然接受了这个事实，并且给予了他完全的信任："嗯，知道了！"

那幽幽的乖巧，让梁晓湛眼底那抹浅笑不由自主地深了起来："吃饭了吗？"

"吃了。"

"那再陪我吃点儿。"梁晓湛说话的时候，服务员已经把两菜一汤端上来了。

他来这里的时候，知道已经过了那幽幽的午餐时间，可是不知道为什么，他还是想和她坐在一起吃一顿饭，所以就提前点了菜，都是她平时喜欢吃的——糖醋小排、红烧鱼、海鲜豆腐汤。她喜欢吃的菜都很家常，大概是小时候父母经常做给她吃的吧。

"呀，我吃饱了……好吧，再吃点儿。"那幽幽想说自己吃饱了，但看到端上来的菜，又觉得垂涎三尺了——算了，反正吃饭这件事，她在梁晓湛面前早就没什么形象了，吃吧。

两个人很安静地吃完了饭，梁晓湛又帮她把衣服、水果、零食拎到

了宿舍楼下才离开。

梁晓湛刚走,那幽幽便被人一把抱住了胳膊,吕依蕾一脸痴痴的表情看着梁晓湛的背影问:"幽幽,那是你哥吗?也太帅了吧!"

"嗯。"那幽幽笑着点点头。

"他给你买了这么多东西呀,他对你可真好。要是有这样的男朋友就太让人羡慕了。"吕依蕾继续发表着感叹。

同样是出身一般的女孩,听说那幽幽连父母都没有,之前她是丝毫不会羡慕那幽幽的,但是刚才看到送那幽幽到楼下的帅气警察后,吕依蕾忽然开始羡慕她了,要是她也有这么一个帅气又对她好的哥哥,即使没有父母,她也挺愿意的……

"喜欢吃什么,分给你。"那幽幽不知道吕依蕾的心思早就飘远了,只觉得梁晓湛被夸奖让她很高兴,于是决定将零食分一些给吕依蕾。

那幽幽虽然从未承认过,可她知道,她心里的梁晓湛,和以前那个好心帮忙、人傻钱多的小警察,早就不同了。

六

梁晓湛刚离开学校没多久车子就停了下来,因为他看到路边的江堤上有几个人在打架,原本以为只是普通的打闹,在把车速放慢之后,越看越不对劲儿。好像不是打架,而是几个人在揍其中一个人!打人的人之中,有一个手中好像还拿着器械。

梁晓湛没有犹豫,将车停在路边,下车就冲了过去:"不许动!警察!"

正打得起劲儿的几名学生愣了一下,手拿棍子的那个大笑起来:"警察?哈哈哈,警察局长我都不怕,我怕你个小警察?给我继续打!"

其他人也都是年轻气盛,仗着人多,居然真的继续踢打起来,只见那个被打的少年忽然挣扎着要爬起来:"哥!哥!是我呀!救我啊!"

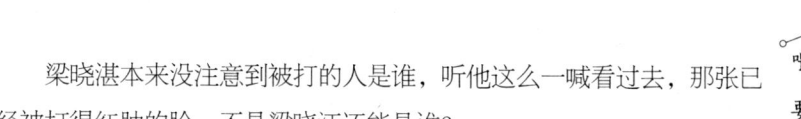

梁晓湛本来没注意到被打的人是谁,听他这么一喊看过去,那张已经被打得红肿的脸,不是梁晓江还能是谁?

梁晓湛马上冲了过去,干脆利落地将三个坏蛋制服:"住手!是想都被拘留吗?"

"你谁呀你?哪个局的?报编号!"为首的那个学生比画了一下手里的棍子,走过来推了梁晓湛一把,梁晓湛一个反手擒拿夺下了他的棍子并将他制住:"平江区分局的,警号320375,刑事案件组欢迎你来。"

"你竟然敢抓我?你知道我爸是谁吗?"

这人虽然也算得上人高马大,但和整天与各种罪犯打交道的梁晓湛比起来,他根本挣脱不了梁晓湛的钳制,只能一直叫嚣着要给梁晓湛好看。梁晓湛没理会他,只是用一种"你怎么会和这种人有瓜葛"的眼神看着刚刚从地上爬起来的梁晓江。

"放开他吧。"梁晓江擦了擦嘴角的血迹。

梁晓湛挑了挑眉,虽然有疑惑,但还是放开了。这闲事若是与梁晓江有关,他还不想管呢。

终于从梁晓湛的手中重拾自由,几个坏蛋却都没敢再上来对着梁晓湛动手,嘴里骂骂咧咧地走远了。

梁晓湛拍了拍手,没打算再看一眼梁晓江,转身就走。

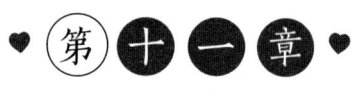

第十一章

话痨属性的黏人精

一

"哥！哥！你等等我啊！"梁晓江一瘸一拐地跑着跟过来，"哥，你是在生气吧？你别生气呀！你听我解释一下，这真不关我的事。"

梁晓江就在附近的一所公立重点高中读书，所以出现在这里也不奇怪。但以梁晓湛对弟弟的了解，他不欺负别人就谢天谢地了，还会被别人欺负？

"我就是……看不惯他欺负别人，所以想教训他一下。"梁晓江没敢在梁晓湛面前耍横，老实地交代了，"你看，他们是不是特小人，一堆人来打我一个，还专门挑我落单的时候！"

"你应该庆幸，他们没用你教训他们的方式教训你。"看对方愤怒的样子，梁晓湛就猜到，对方只会比现在的梁晓江更惨。

"就他那样的，怎么可能？"

梁晓江心里还挺得意的，因为他给他们的教训是被学校开除了学籍。那种根本不学习、天天欺负同学的家伙，学校巴不得他们走呢。而像自己这种尖子生，学校才舍不得开除呢，"我让他们退学了，学校不可能让我也退学吧？你弟我成绩很厉害的，学校不舍得。"

"你知道他们到了社会上，会做什么吗？"在卧底的两年时间里，这样的小混混，梁晓湛见过太多太多，他们都是家庭缺失、学校放弃的孩子，在社会上混着混着就变成了罪犯。每一个都不例外，每一个孩子的变坏，家庭与学校负有同等的责任。

"管他们到社会上做什么？他们在学校里都'逼疯'三个同学了，其中有两个因为抑郁都退学了，让他们再留在学校不是会害更多人吗？"梁晓江觉得自己不仅有理，而且做了一件非常正义的事情。

梁晓湛本来想和他解释一下不良少年到罪犯的转变，但看着梁晓江稚嫩的满是伤痕的脸，最终没再说什么，而是任由他跟着自己上了车。

"哥，我还没吃饭，而且我受伤了，所以我下午可不可以请假？"

梁晓江见哥哥表情有些缓和，顿时来了劲儿，"为了避免不必要的麻烦，今天让我去你家好不好？"

"不好。"梁晓湛干脆利落地拒绝了他。

"哥，你也太绝情了吧！我都被打成这样了！"梁晓江依旧不放弃，"还有呀，以梁夫人的性格，她看到我被打成这样，一定会把事情给闹大的！那我在学校就读不下去书了。"以他妈妈的性格，看到他鼻青脸肿的样子，肯定会以牙还牙……梁晓江都不敢细想梁夫人那笑里藏刀的做法到最后会闹出什么大事来。

梁晓湛知道梁晓江说的是事实，但是他依旧没有丝毫动摇："吃饭、去医院、上学。"

"哥！"梁晓江简直要觉得他哥无情无义了，不过，总好过把他直接送回家，想到这里，他安心地开始畅想午餐要吃什么，"我想吃雪花牛柳、水晶虾蛟、生烤羊排……"

一个小时之后，梁晓江坐在警局旁边的一家拉面馆里，看着端到自己面前的一碗牛肉面，简直要哭了："哥，这和我的理想午餐相差甚远呀！"

梁晓湛没理他，掏出钱包拿了几百块钱放在他面前："我到时间上班了，一会儿你自己去医院，然后打车回学校。"

"哥！你就不能收留我一天吗？"梁晓江哭丧着脸，但还是妥协了，"好吧。"

"自己一个人明知道会被打就不要跟着出去。"梁晓湛转身走之前，甩下了这句有点儿莫名其妙的话，但梁晓江愣了一秒就懂了：唉，他这面恶心善的大哥呀，真是……太可爱了，哈哈哈。

梁晓江觉得，和不苟言笑的父母比起来，还是哥哥更有意思一点儿，所以，他决定周末的时候，趁着父亲出差、母亲去旅行购物的时机，死缠烂打地去哥哥家过个周末。

梁晓江周六中午连午饭都没吃，就跑到梁晓湛的单位门口等着了。

因为担心梁晓湛一个电话把家里的司机叫来接他走,梁晓江也不敢吭声,就那么傻等着,打算在梁晓湛开车出来后搞个突然袭击。

直到下午四点钟,终于等到梁晓湛的车出来了!他赶紧跑过去拦车,可不知道梁晓湛是赶时间还是怎样,愣是没发现他在后面追着跑了好一会儿!

梁晓江自然气不过,赶紧打了个车跟了过去。

然后,梁晓湛面色微冷却眼神温柔地帮一个女孩提着书包从枫叶高中走出来的样子,就被梁晓江用手机给拍下来了。

梁晓江也是沉得住气,他一路悄悄跟着梁晓湛,发现他不仅带着那个女孩去吃了饭,还带着女孩回了他家!

梁晓江惊讶至极又生气至极,觉得自己老哥一向伟大英明的人设都崩塌了。当他在楼下正踌躇要不要跟他们当面问清楚情况时,他看到梁晓湛下楼开着车走了。

梁晓江又在原地磨蹭了一会儿,才决定上楼去敲门。他必须要问个清楚,他打心里不愿意相信哥哥会做出什么出格的事情。

梁晓江敲门的时候,那幽幽刚刚洗完澡,她快速穿好衣服,给梁晓湛打了个电话:"叔叔,有人敲门,怎么办?"

"不要开门,你先问问是谁。"梁晓湛脸色微沉,三年前他做卧底时抓住的那个家伙最近保释出狱了,会不会是……想到这里,梁晓湛坐不住了,"不要挂电话,我现在马上回去。"

"好。"那幽幽小声地应着。

那幽幽从房间走到客厅,故意扯开嗓门喊道:"叔叔,有人敲门,我去问问是谁。"

二
———————

"是梁晓湛家吗?"梁晓江在门外听到屋里的女生居然在叫叔叔,

顿时笑了，这女生还挺有警惕性的，明明梁晓湛已经走了。

那幽幽听外面的人准确地说出了梁晓湛的名字，一下愣住了，轻手轻脚地小跑着回到房间里："怎么办？他是来找你的！他说了你的名字！"

已经在回家路上的梁晓湛听到这个，脸色更沉了，能说出他的名字，说明知道那里是他家。这世上知道他住在哪儿的人还真没几个，除非别有用心的人特意去查了。想到这里，梁晓湛又将脚下的油门踩得深了些。

门外的梁晓江听到屋里没了声音，于是又敲了一下："你好，请问这是梁晓湛家吧？"

那幽幽不敢回答，只好又问梁晓湛："怎么办？他又问了！要不我问问他是谁？"那幽幽一直牢牢记得，梁晓湛曾经嘱咐过她好几次，不管是谁，绝对不要开门，一定要先给他打电话。所以这次那幽幽自然不敢掉以轻心。

"告诉他这是梁晓湛家没错，让他等着。"梁晓湛一边说一边庆幸自己这房子离单位还算近，否则自己真要被这种情况急死。

"好。"那幽幽从卧室走了出去对着门喊："你好，这里是梁晓湛家没错。不过现在不太方便，请你等一会儿。"

"好。"呵呵呵，还不方便开门，一定是梁晓湛让她这么小心的。

梁晓江正胡思乱想着，完全没留意到梁晓湛刻意放轻了的脚步声，等他听到有动静的时候，整个人已经被梁晓湛摁在了墙上。梁晓湛低沉的声音充满杀气："你要做什么？"

"啊啊啊！哥！是我呀是我呀！"梁晓江痛得大叫，终于知道那天他哥为什么一个人打四个还吓得对方屁滚尿流了，这擒拿术真不是盖的，"哥！痛……痛啊！"

梁晓湛愣了一下放开了他，伸手把他脑袋上的卫衣帽子给扒掉，看清楚真的是自己弟弟后，顺手给了他后脑勺一掌："干什么呢你？"

"哥，爸妈不在家我来找你怎么啦？"梁晓江说着说着还委屈起来，

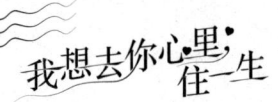

"屋里面的女生是谁?为什么她能住你家我不能?"

一直在屋里听着门外动静的那幽幽,这会儿也小心翼翼地打开门。

既然已经碰了面,梁晓湛也没有办法,只得发泄似的揉了一把梁晓江:"就你事多,进去说。"

梁晓湛对自己的态度一点儿也不好,梁晓江却莫名地感到亲切,一脸笑嘻嘻地跟着进了屋,冲那幽幽打招呼:"你好呀,小妹妹。"

梁晓江有点儿流里流气的打招呼方式,换来了梁晓湛一记恶狠狠的眼刀,梁晓江赶紧改口道:"这位同学你好,我是梁晓江。"

"你好,我叫那幽幽。"那幽幽刚才已经听出来了,这家伙是梁晓湛的弟弟,她仔细地打量了他一番,长得倒是十分标致,不过依然没有梁晓湛好看就是了。

"那幽幽,名字很特别哦!你几岁啦?"

"十七了,和你一样大。"梁晓湛替那幽幽回答道,他不想再跟这个弟弟多废话,"你来这儿什么事?"

"老爸老妈不在家,作为未成年的我来投靠哥哥呀。"梁晓江一脸笑嘻嘻地往沙发上一坐,"哥,我今晚可以住在你这里不?"

"滚。"

"不可以!"

"滚"是梁晓湛说的,"不可以"是那幽幽说的。两个人异口同声,表达了同一个意思:梁晓江很不受欢迎。

但梁晓江似乎早就料到了这个答案,伸手指了指那幽幽:"为什么她可以,我不可以?"

"这是她的房子,她的家,她当然可以住。"梁晓湛仍然冷着脸,拿起梁晓江的书包扔到他身上,"起来,跟我走。"

"干吗,要去哪儿?"梁晓江被强行拽了起来,很是不情愿,"难道这不是你家吗,哥?"

第十一章 话痨属性的黏人精

梁晓湛没有再说话,强行把梁晓江拽出门去之后,回头对那幽幽说了一句:"把门窗反锁好,谁敲门都不要开,有什么事马上给我打电话。"

那幽幽连连点头,她看着梁晓江一脸不甘心的样子有点儿想笑,同时又觉得他很聒噪,于是等他们走后,那幽幽就乖乖地关上了门落好了锁。只听外面"砰"的一声响,好像有人摔倒了,然后就听到了梁晓江抱怨的声音:"哥,你干吗对我这么暴力?"

没有听到梁晓湛的声音,那幽幽却能想象他的表情,应该不会好到哪儿去。原来他还有一个弟弟呀,他弟弟看起来和他的感情很好,只是他更冷漠一些……他出生在什么样的家庭呢?好像从来没有听他提起过,只知道他外婆去世的时间和她父母去世的时间是同一天。

有点儿小伤心,但是又有点儿小庆幸,她的生命居然与他有了交集。

三

"她是谁啊?"梁晓江虽然被塞进了车里,但还是表现了他身为好奇宝宝的特质:"悠然姐知道她吗?"

听到白悠然的名字,梁晓湛有些烦躁:"白悠然是白悠然,我是我,小孩子不要乱猜。"梁家与白家有意联姻,这两家人全都知道。但是,他只是姓梁,他不会也不愿意代表梁家做任何事。

"哥,你这样就不对了,谁不知道悠然姐……"梁晓江说到这里,被梁晓湛冰冷的眼刀斩断了没说出口的话,委屈道,"反正我也是不愿意的!"

梁晓江自然也知道两家有意联姻的事情,如果哥哥不愿意和白悠然在一起的话,梁家就只剩下他了。白家还有一个宝贝小女儿,现在才九岁,梁晓江一想到自己有可能要和一个九岁的小女孩定亲,就开始恨自己为什么姓梁……

"回去,或者跟我回单位睡宿舍。"

我想去你心里住一生

梁晓湛拒绝和弟弟再讨论有关于梁家的没有任何营养的话题，他给了梁晓江两个选择。虽然不希望他选择第二个，但对于弟弟黏人的功力他还是十分了解的，在他达到目的之前，估计很难再甩掉他了。

果然，梁晓江很快就权衡好利弊："睡你的单位宿舍！"

"……"梁晓湛无话可说，只得黑着脸开车带他回了单位，下了车就一声不吭地往宿舍走，梁晓江赶紧拿起书包小跑着跟在他身后，一张俊美的脸上还是笑嘻嘻的："好兴奋，居然能住在警察局里！"

梁晓湛瞪了他一眼，他又咧开嘴露出整齐好看的牙齿笑："像我这样安分守己的好公民，如果不是跟着哥，肯定是没有机会出入警察局的。"

"给你两分钟，熄灯。"梁晓湛没再搭理梁晓江，自顾自地脱掉外套，洗了把脸躺在了上下铺的下层，高大颀长的身躯占满了小小的铁架床。

"这就睡啊？现在还不到十点呀！我们聊聊天吧，哥！"梁晓江兴奋得有些过头，三下两下爬到了上铺，头却伸下来和梁晓湛说话，"这里没有洗澡的地方吗？我还没洗澡。"

"有，"梁晓湛指了指公共卫生间，"淋浴，冷水。"

"冷水！"梁晓江几乎尖叫出来，"冬天了还要洗冷水澡吗？"作为一名养尊处优的小少爷，他这十七年还真没洗过冷水澡，无法想象洗冷水澡是什么滋味。

"冻不死。"梁晓湛从八岁开始在寄宿学校生活，之后又去了军校，还有两年的卧底生涯，别说冷水澡，再残酷的环境，他都待过。所以对于弟弟的娇气，他有些看不起，又有些庆幸。庆幸的是，吃苦不是什么好事，不用经历那些也好。

"哥，你给我说说那幽幽呗。她是谁？我保证不说出去。"梁晓江真的很好奇，说真的，白悠然算是他见过的女孩里面很完美的了，虽然哥哥和白悠然的关系一直都还可以，但今天哥哥对那个女生的维护是他从未见过的。

"第一,她是个孤儿,我只是负责资助她上学,直到她独立;第二,她是谁,以及我和白悠然的关系,你不必关心;第三,两分钟到,熄灯。"

梁晓湛语气强硬地表明了自己的态度,随后伸手捞起床下放着的一个篮球往门边的开关上一扔,准确地砸中了灯的开关,屋里顿时陷入了黑暗。

过了一会儿,梁晓江那贱兮兮的声音从黑暗中响起:"可是,哥,我觉得你对她和对其他女孩的态度不一样呢。"就凭他风驰电掣地赶回去,还不问缘由地对他使用擒拿术的那一刻开始,他就从老哥紧张的态度断定,他对那幽幽不一般。

为避免这个弟弟无休止地扯下去,梁晓湛没再搭理他。实际上这么久以来,他时时刻刻都在提醒自己,他必须要做好一个监护人应该做的事情。

"哥……"

"……"

"哥!"

"说。"

"我饿。"

"饿着。"

"我真的饿!"

"外面柜子里有方便面,再敢吵我睡觉削你!"梁晓湛声音里已经带着火气。

梁晓江听到哥哥真的生气了,没敢再出声,轻手轻脚地摸黑爬下床到外面找吃的去了。

第二天早上,梁晓江是被陆之杉叫醒的:"小兄弟起来了,我们该上班了。这是你哥让我给你带的早餐,他让你吃完就回学校去。"

"我哥呢?"梁晓江在这小床上睡得浑身酸痛,而他亲爱的哥哥居

然让他自己回学校,都不说送他一次。

"你哥在路上值勤呢。"看到从上铺爬下来的少年虽然睡眼惺忪,却难掩俊美。陆之杉仔细打量了一番:虽然都长得挺好看,但是梁晓湛这弟弟长得和他还真是不怎么像。

陆之杉与梁晓湛的关系不错,但是梁晓湛很少提起自己的家人,陆之杉只知道他家里好像也挺有钱的。从他不怎么提起家人这一点猜测,梁晓湛和家人的关系应该不怎么好。不过现在看这少年的态度,兄弟俩的感情应该还可以。

"哥,怎么称呼你?我叫梁晓江,和我哥就差一个字。我爷爷在广东的一个小城湛江当过兵,所以给我们的名字里用了这俩字。"梁晓江开启了话痨的属性,一边吃着陆之杉带来的早餐,一边和陆之杉聊了起来。既然他哥嘴那么严,那还不如向他的同事侧面打听一下呢。

四

下午,梁晓湛如以往那样送那幽幽回学校,当他让那幽幽上了车后,梁晓江不知道从哪儿冒了出来,手脚麻利地爬上了后座:"哥!我们学校就在枫叶高中附近!顺路!所以也送我一程吧。"他没等梁晓湛回答,头就伸到前面和那幽幽打招呼,"小妹妹,你好!又见面啦。"

梁晓湛黑着脸没说话,梁晓江看在眼里,闭了嘴没敢再放肆,怕自己要是再过分一点儿,他哥就会把他从车里拎出来扔在路边。反正他们学校和枫叶高中偶有课程交流,想去找那幽幽说话,多的是机会。

梁晓湛全程一言不发地把梁晓江送到了学校门口……的对面。梁晓江一边慢吞吞地下车一边抗议道:"哥,你绕过去不行吗?你怎么可以让你这么可爱的弟弟一个人过马路?你太绝情了。"

梁晓江可爱又无赖的样子让那幽幽有点儿想笑,这兄弟俩还真是挺特别的,梁晓湛说话简约到气人;梁晓江呢,是话痨到气人。

那幽幽眼底的笑意，没逃过梁晓湛的眼睛："有什么这么好笑？"

"呃……你和你弟弟很有爱。"

"有爱？"梁晓湛从没想过有一天会有人用这个词来形容他和梁晓江的关系。他们是异母兄弟，他虽然是长子，但他的母亲已去世，家庭竞争关系是必然存在的。除了梁晓江自己，大概没有任何一个人会认为他们兄弟之间有爱，旁人都在猜测着，什么时候梁氏兄弟会真正撕破脸。不过梁晓湛是绝对不会让他们看到这一天，因为他早已脱离了梁家，梁家的一切，他没打算要一分一毫。

"你虽然看起来不怎么喜欢你弟弟，但是你挺在乎他的。他也很在乎你。"在那幽幽看来，梁晓江就像一个黏人的小孩一样，很想黏着梁晓湛不放；而梁晓湛呢，很烦他，但是又不会绝情到弃他不顾。

"小女生不要随便猜测别人的事。"梁晓湛下了结论并且终止了话题，那幽幽扁扁嘴想说什么，但是又吞了回去。

梁晓湛用严肃的语气继续说道："到了学校之后，要一直待在学校里，不要随便外出，不管谁来找你，都不要独自去见，除了我来接你，不要跟任何人走。感觉有什么不对劲，要马上给我打电话。"

那幽幽看着他认真严肃的样子，有点儿被吓到了："是不是……发生了什么事？你会有危险吗？"

"没有，别瞎想。"梁晓湛面色平静地撒了谎。

四年前，执行卧底任务的梁晓湛终于得到了犯罪分子头目锋哥的信任，那时候的他虽然还不满二十岁，却十分沉得住气。半年后，他搜集证据的工作完成，待时机成熟，通知了同事收网。

在那场围捕里，锋哥怀有身孕的女友意外身亡，整个组织几乎全军覆没。锋哥是梁晓湛亲手抓的，他开枪射中了他的大腿，令他逃亡梦碎，随后落网。锋哥被判了二十年，不过，就在两个月以前，他因为罹患肝癌得到了保外就医的机会。有同事告诉他，说锋哥最近的动作有些不对

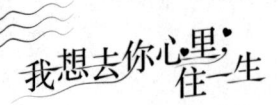

劲，时常脱离监控，由于其入狱前曾扬言要让梁晓湛付出代价，所以提醒他多加注意。

若只是自己，梁晓湛倒也没有什么可顾忌的。但是现在他要照顾那幽幽，绝不能让她受到连累。所以，这段时间以来，他时时都在嘱咐她注意安全。

"真的吗？你真的不会有危险？"那幽幽不放心地又问了一次。

"我是警察。"梁晓湛只回答了这四个字，便转移了话题，"在学校要好好吃饭，好好用功。我教你的防身术，要每天抽时间练习。要是再有无理取闹的同学，你不妨也找她们'练习'一下。"

"哦。"那幽幽若有所思，慢吞吞地走进校门。

梁晓湛目送她离开后，迅速钻进车里离开。他有一种预感，锋哥一定会来找他的。而且，很有可能已经潜伏在暗处，只等着一个可以一举击倒他的机会。

为了防止意外，梁晓湛一连两周都没有让那幽幽周末和林染白姐弟见面，但有时候，危险这种东西，如果能预料，那就不叫危险了。

五

锋哥保外就医近四个月之后，才开始下手。对象当然是那幽幽，但是，又不止那幽幽一个。

梁晓江为了得到进枫叶高中交流的机会，这几周还真的挺努力的。他的成绩本来就不差，加上嘴又甜，出现在两校交流名单上第一个就是他的名字。他做好了准备，一定要找那幽幽好好聊聊。

这次优秀生交流联谊在枫叶高中的礼堂举行。

一高的交流生坐着学校的大巴直接开进了枫叶高中，即将跟全市最著名的女子高中交流，让车上的同学和老师们都很兴奋，谁都没有注意到大巴的司机是个陌生人。

第十一章 话痨属性的黏人精

"带我参观一下你们校园嘛！"梁晓江还是笑嘻嘻的。那幽幽怎么也想不通他是如何从团体中脱身找着自己的。

"自己参观。"那幽幽干脆利落地拒绝了梁晓江。

梁晓江的出现，让很多路过的女生都微微红了脸，窃窃私语。那幽幽不想卷入流言蜚语里，她要做个安分守己的好学生，不让梁晓湛丢脸。

"你们现在不是午餐时间吗？我请你吃午饭吧。听说你们接待中心的餐厅挺不错的。"梁晓江见那幽幽仍然不为所动，于是甩出了终极诱惑，"你不想知道我哥的事情吗？我可是他弟弟！"

"不想。"那幽幽嘴上说着这两个字，眼睛却盯着梁晓江看，试图从他的表情中看出他到底对梁晓湛的事情知道多少，不过，转瞬一想，作为梁晓湛的兄弟，他应该知道得比她多吧？于是，那幽幽妥协了，"那午饭你请。"

"当然呀！"梁晓江笑得很灿烂，路过的女生们的议论声更大了，那幽幽无奈地扯了一下梁晓江，迅速地绕小道往餐厅走去。

无论再谨慎，也会有百密一疏的时候。没料到某人会潜入校园里，是梁晓湛的疏忽；而拉着梁晓江走没人的小路，是那幽幽的疏忽。

对方忽然出现，戴着口罩，手里拿着一瓶喷雾。那不知是什么的喷雾功效极好，那幽幽只来得及说一句"快跑"，人就晕晕软软地倒下了。至于梁晓江，他因为走在那幽幽身后，又是个男生，不但被喷了喷雾，还挨了一记手刀。

那幽幽先醒了过来，因为有了心理准备，她醒后没有出声，而是默默地观察了一下周围环境。令人沮丧的是，这个犯罪分子似乎比影视剧里那些坏人准备得更充分也更高级一点儿：一般绑架人，特别是有深仇大恨的那种，不是将人质扔在破烂的天台，就是扔在废弃仓库里。这个绑架了他们的家伙倒好，居然把他们捆在一幢海边的别墅中，而且，还是泳池旁边。这名犯罪分子，既不蒙面也不躲闪，穿着风格居家休闲，就像在度假一样，正在泳池边的草地上悠哉地烧烤！

"啊！我这是被绑架了吗？"梁晓江此刻也醒了，后脑勺被打的地方还很痛，头也晕沉沉的。他没想到，像他那么低调的一个人，从小刻意隐瞒自己的家庭身份，在普通学校像普通人一样生活的他，居然也会被绑架？

果然，这人活着，什么都会遇上呀。

听到动静，正在草地上烧烤的男人走了过来，那幽幽注意到，他走路的时候，有点儿一瘸一拐的，应该是有一条腿有问题。

这男人看起来颇有沧桑感，短短头发夹杂着些许白发，下巴周围冒出了凌乱的胡楂，他的眼睛里，充满冰冷的戾气。

男人走近后，并没有做什么，而是在他们旁边一个有太阳伞遮挡的躺椅上坐下，掏出一支烟。

梁晓江很生气："喂，你绑架就绑架，让我们这么在太阳底下晒着，像话吗？"而且是仰面躺着，晒脸又晒眼睛，真是太缺德了。

"年轻人，吃点儿苦是好事。"男人抽着烟，并不理会梁晓江的叫嚣，倒是对明明早已经醒过来，却一直不说话也不惊慌的那幽幽产生了兴趣，"小姑娘，要不要给你一把伞？"

那幽幽一时判断不出来他是在说真话还是在调侃，于是没有出声。这个人，应该就是梁晓湛一直担心的危险人物吧？他居然能混进枫叶高中，还能这样利落地把他们俩都给抓起来，真是不简单。

"为什么只给她伞？我也需要呀！"梁晓江很气愤地提出抗议。反正已经被绑在这里了，生死都由不得自己决定，就看老爸老妈这次给力不给力，能不能把自己给救出来了。

"你真的是梁晓湛的弟弟？"这性格也差太多了吧？梁晓湛稳重冷漠，话极少，办事雷厉风行。而这个叫梁晓江的人，简直就是个大喇叭。

"你没调查清楚就抓人？"梁晓江用看笨蛋的眼神看着这个奇怪的

男人。如果是绑错了,那么他看到了对方的脸,导致最后被撕票的话……这也太倒霉了吧!

"你想要什么?"那幽幽终于说话了。眼前的这位绑架者看起来太淡定了,一点儿都不像着急要钱或者着急谈判的样子,这让她心里没底。如果他不是要钱,那就是要命?要谁的命?梁晓湛的命吗?

"你们俩只要乖乖地躺着,就不会有事。如果不听话,我就不能保证了。"一支烟已经抽完,男人起身走向烧烤架,烤架上的一只鸡,已经烤得表皮金黄,香味阵阵传来。这让午餐都没吃上就被抓到这里来的梁晓江和那幽幽感觉到了迫切的饥饿。

"喂!不给饭吃吗?"梁晓江又出声了。

"不给。"对方一边干脆利落地拒绝一边往烤鸡上抹酱料。

梁晓江饿得大骂起:"哪有你这么浑蛋的绑匪!饭都不给吃!再不给吃我就喊'救命'了呀!"

"喊吧。"专注于烧烤的男人给自己倒了一杯酒,很淡定地回答了梁晓江。

"你太过分了!"梁晓江气得大叫,"救命呀!救命呀!救命呀!"

那幽幽无语地别开脸,想躲避梁晓江的魔音穿耳,叫了好几声的梁晓江忽然停了下来,转头问她:"那幽幽,你为什么不叫?"

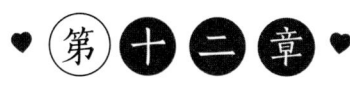

你是刻进我生命里的印记

一

那幽幽看着梁晓江,简直怀疑起他的智商了。现在这种情况,如果大叫有用的话,对方会让他们尽情叫吗?也不知道这是什么地方,说不定是某个人迹罕至的小岛什么的,与其大喊大叫,不如留点儿力气想办法逃跑。

还好,梁晓江虽然不如那幽幽聪明,但是还算看懂了那幽幽鄙视无语的眼神:"你知道这是哪儿?"

"不知道。"这次换成那幽幽用看笨蛋的眼神看梁晓江了。这孩子一定是平时过得太好了,遇到绑架这种事,居然还能表现得这么"天真"。

梁晓江再次接收到了那幽幽的眼神,终于翻了个白眼不再折腾了。他试着扭动了一下身体,发现绑得很结实,而且绑他们的人肯定很有经验,不但把他们的身体绑在了躺椅上,还用胶带把他们的手指给缠住了。这完全就没有逃跑的机会嘛。

梁晓江转头又看向那幽幽,发现她正闭着眼睛一动不动,像是睡着了一样。

这小妹妹这么淡定的吗?

梁晓江可没有她那么沉得住气,他又大声对已经开始撕烤鸡吃的男人说:"喂,这位大哥,你让我们在这大太阳底下晒着,又不给饭吃,给一口水喝总可以吧?"

"晒着吧。现在天儿又不热。"男人喝了一口酒,突然一对浓眉皱了起来,似乎在忍耐什么疼痛。他又看了一眼那杯酒,扬手将酒瓶扔进了泳池里。

那幽幽没有错过他的表情,也没有错过他坐下时弯腰用手按住腹部的动作。

那幽幽为了以后考医学院做准备,最近正好在读一些与医学病理有关的书,看到那男人的这个动作,她似乎猜到了一点儿什么。那个人,会不会是得了肝病？也许，还是很严重的那种？

那幽幽默不作声，继续观察。午后的光线很好，她将那个人渐渐变青的脸色看得很清楚，他靠在椅子上，几乎不再动了，只有额角的冷汗与抿紧的嘴唇在诉说着他的痛楚。

看他的样子应该很痛，但他居然生生了忍了十几分钟，才进屋去拿药吃。

为什么能够判断出他进屋是去吃药了呢？因为他走出来的时候，虽然面色仍然铁青，脚步却轻松有力了很多。

往往连身体的痛苦都能忍耐的人，内心有更大的痛苦，因为那些痛苦，人也会变得残忍冷酷。

那幽幽表面看起来很平静，内心却十分煎熬。现在她几乎可以确定，这个人绑架她和梁晓江，为的就是梁晓湛。

比起自己此刻的安危，她更担心梁晓湛因为着急，不小心踏入设置好的陷阱。

"梁晓江。"那幽幽趁着那人进屋的时候，小声叫了梁晓江的名字，"现在我们很难挣脱，需要有工具才行。这人不太正常，咱俩只是一个诱饵，如果激怒了他，他很有可能会对我们动手。咱俩想办法靠近一下，你试试手指能动吗？能解开我的绳子吗？"

"不能。"梁晓江正绞尽脑汁猜测绑架他们的人到底是为了什么呢，听到那幽幽这么说，顿时来了劲儿，"你认识这人？他为什么绑架我们？是我连累了你，还是我受你连累？"

"不认识。"那幽幽一边回答一边试图扭动身体向梁晓江靠近。两张躺椅的中间有一把收起的太阳伞，她要是能再靠近一点儿的话，即使手指被胶带绑着，她能也用手掌的力量抓住伞杆将身体连同椅子一起拉过去。

幸好，梁晓江也不笨，看懂了那幽幽的动作，也一起跟着努力起来。

两个人在那人从屋里出来之前,竟然真的互相靠近了十来厘米,只差一点儿,那幽幽的手指就能碰到那根伞杆了。但是,那人已经从屋里走了出来,她不敢再弄出动静。梁晓江也停止了动作,但他还是在最后一刻趁着大叫一声"救命"的时候,最后一次用力动了一下,他的手指勉强可以碰着伞杆了。

梁晓江的这一叫,只引来了那人一眼,便不再受注意了。那幽幽发现他接了一个电话之后马上就进了屋里。

那幽幽不知道梁晓湛会不会来,但是她能肯定的是,如果梁晓湛来了,迎接他的一定是无可躲避的危险。一想到这里,她拼了命地将头往下缩——她很瘦,也许她可以从与躺椅捆在一起的绳结里钻出来。

但她只成功钻出两截绳结一半,就被发现了,小脸上有好几道被绳索边缘划出的口子微微渗着血珠。

刚刚接了梁晓湛电话的锋哥看到这情景后,更是怒从心起,他飞起一脚,将那幽幽和躺椅一起踢进了泳池里。

躺椅掉进水里变得很重,绳结沾了水,似乎更结实了。那幽幽心知这下糟糕了,虽然她会一点儿狗刨,但是在这种情况下,她十有八九会淹死在泳池里。

大概也是命不该绝,躺椅掉进泳池边缘的位置,正好挨着一个扶手,而原本缠在手上的胶带浸了水,反而有点儿松动了。那幽幽努力了一下,挣脱出一只手,用力地抓住泳池的扶手。

二

梁晓湛赶到的时候,那幽幽在水里已经快支撑不住了。她试着从绳子中挣脱出来,于是她的手上、肩膀上、脖子上全是伤口,丝丝鲜血在水池漫延开,看起来有些触目惊心。

本打算潜伏看看情况再采取行动的梁晓湛一秒钟也不敢再等,从灌

第十二章 你是刻进我生命里的印记

木围墙上翻了过去，直接跃入了泳池里。

那幽幽被梁晓湛半抱着往岸上托的时候，那幽幽还没来得及说什么，就看到那个人举起烧烤炉连着电线往泳池里扔了下去，那幽幽瞬间瞪大双眼回头看向梁晓湛："梁晓湛！有电！"

梁晓湛奋力跃起，借助扶手快速上岸，但是，还没来得及离水的双腿还是被通了电，他在全身剧痛颤抖的情况下凭借本能逃上了岸，那幽幽几乎是爬着过去，将他拉离了水边。

但是，他们还没来得及喘口气，那幽幽便被锋哥一记手刀砍倒在地，全身仍处于剧痛与酥麻中的梁晓湛发出了一声低吼，勉强伸出已经不能动弹的手想护着那幽幽："不许动她！"

"放心，我现在不动她。"锋哥说着话，走过来，手里的匕首闪着寒芒，"小湛，看到我这条腿了吗？你开的那一枪很准，那颗子弹卡进去了，要是硬取出来，我的腿可能就废了。所以这三年多来，一千多个日日夜夜，它每时每刻都在痛，都在提醒着我，你对我的背叛！"

"是你犯法了。"梁晓湛看着倒在地上的那幽幽，小手似乎还在动，但是显然已经无力挣扎了，她倒地的时候，额角磕破了一块，此刻正在往外冒着血，他的心忽然像被人一片一片撕碎了一样，"我只是在尽我的职责！"

"对。我想过了，你为了你的职责，出卖了我。而出卖我的人，就一定要付出代价！还有，你死之后，他们也都得死。因为我老婆孩子也死了，一命还一命，很公平。"

锋哥的眼神已经接近疯狂，他嘴上一边说着他认为公平的冰冷判词，一边向他们扑了过来，手里泛着寒光的匕首无情地往那幽幽的身上扎去："我老婆孩子死在我眼前，现在我让你的亲人死在你面前，应该也算公平，你说是不是？"

梁晓湛虽然身上痛麻未消，他几乎用尽全力咬紧牙关翻身趴在了那幽幽身上，嘴里吼出来的话却是"陆之杉！你给老子快点儿"！

听到枪响的那一刻,那幽幽只觉得自己的后脑因为撞地而剧痛晕眩,还有梁晓湛整个人压过来的体重,依稀还听到了刀扎进身体的声音,她是要死了吗?

那梁晓湛呢,他有没有事?

那幽幽在救护车上醒来的时候,几乎是条件反射般坐起来:"梁晓湛!"

"他在前面那辆车里。"回答她的是梁晓江,他身上的毛衣上有触目惊心的一大块血迹,把那幽幽下了一跳:"你也受伤了?"

"没有,是我哥的血。"梁晓湛被刺中两刀后陆之杉才赶到,锋哥在中枪之前又扎了他一刀,那一刀很深地扎在了梁晓湛的左大腿上。医护人员赶来的时候,根本没敢拔刀,只是帮忙止住伤口的血就赶紧把人抬上了救护车。

梁晓江从来没见过一个人流那么多血,他在警察的帮助下挣脱之后想去帮忙,可是他什么忙都帮不上,只听到了他哥昏迷前的最后一句话是"帮我看好那幽幽"。

所以,他就跟着上了那幽幽的救护车,可他现在整个人的魂都好像跟着前面那辆救护车走了,他看着那幽幽,完全没有了嬉皮笑脸的样子:"那幽幽,我哥要是死了怎么办?"

"他不会死的!"那幽幽说这句话的时候,声音已经接近尖叫,她的声音里的恐惧和担心,渗入空气中,她从没如此难过过,觉得每呼吸一口空气,都是绝望。

那幽幽连处理伤口都是在手术室门外完成的,她跳下了救护车后就跟着梁晓湛到了手术室门外。"伤了大动脉""失血过多""腹部有内伤"这些话,每一个字每一个音传进她的耳朵里,都像是一场海啸,令整个世界顷刻覆灭。可她又不得不睁开眼睛强撑着,一刻也不想错过梁晓湛的任何情况。

手术做了五个小时,那幽幽就在外面等了五个小时。

梁晓江也在手术室外,他看着那幽幽,觉得这个女生确实有些不一样的地方,她不惊惶不慌乱,而且很镇定。换成别的女生若碰到今天这种事情,早就吓晕过去或者在泳池里溺死了。

她所有的伤口都已经处理过,额角和左脸的伤口没有做缝合,医生说,考虑到她是女孩子,缝合会留下抹不掉的疤痕。她整个人看起来很狼狈,身上的校服湿了又干,又脏又皱。她那双眼睛更是让人不敢直视,漆黑清亮里生动地透着惊惶与担忧。

梁晓湛半夜在病床上睁开眼的时候,所看到的便是这样一个那幽幽,他还没出声,她便猛地站了起来:"梁晓湛,你醒了!医生!护士小姐!"

三

"我没事。"

这句话,梁晓湛在整个住院过程中对那幽幽说了很多次。

但是那幽幽似乎总是不相信。

她以身上有伤为由跟学校请了一周假,每天都跑到医院里照顾梁晓湛。梁晓湛背上中了一刀,腰腹中了一刀,大腿中了一刀,手术之后的几天里,他几乎算是个不能动的废人了。

那幽幽不敢想象,如果她受了这三刀,还能不能活下去。

她越是这么想,就觉得自己欠梁晓湛太多,内心的愧疚与卑微一齐涌出,她没有再在梁晓湛面前使小性子,一门心思想着每一分钟都要照顾好他。

因为年轻,梁晓湛恢复得很快。在受伤住院期间,最令他感觉到不爽的,并不是那幽幽非要请假每天亲自照顾他的起居,而是不听话的梁晓江居然把他受伤的事情告诉了父亲。

他手术后的第四天深夜,父亲低调地来看他了。其实梁晓湛一点儿都不需要这位梁先生的探望,特别是不想让父亲看到他身边的那幽幽。

他不想让父亲知道自己的任何事情,而像那幽幽这种对他来说非常重要的人,父亲更是知道得越少越好。他不想要他的财产与权势的同时,也并不稀罕他的关心与干涉。

幸好,父亲只是看了一眼那幽幽,又问了医生几句话后就走了。

可即使是这样,梁晓湛心里仍然不爽,父亲知道了那幽幽的存在,大概会把那幽幽的资料查个底朝天吧?

梁晓湛能肯定的是,他是绝对不会让父亲干涉自己的生活。但是,想到父亲有可能会找那幽幽的麻烦,他还是浑身发冷。

那幽幽毫不知情,在梁先生走后,她悄声地问梁晓湛:"那是你爸爸吗?你们长得好像呀。"

"明天你就回学校去吧。你带着药,让学校医务室帮你换药。"梁晓湛想来想去,那幽幽还是回学校最好。

"可是我想在这里照顾你。"那幽幽低下头,说话的声音很小却很坚定,"你现在还不方便行动,而且我也不放心你。"

"我没事。我保证等你下次放月假,我会去接你。"梁晓湛看着她有点儿小委屈又有点儿不好意思的样子,眼底的笑意没忍住溢了出来,"我真的没事。"

"可是医生说你的腿……"那幽幽曾问过主治医生,这三刀对梁晓湛的影响到底有多大。医生说其他都还好,疤痕可以完全恢复,但是腿上那一刀伤到了一些神经,可能有后遗症,严重的话可能会影响走路。

"只是有那个概率而已。我是警察,体质比普通人好得多。没事的。"梁晓湛仍然在笑,"我曾经受过更严重的伤,所以这次也不会有事的。"

"真的吗?"那幽幽还是不太相信梁晓湛的话。

"当然。"梁晓湛收起了笑容,"别想这些了,早点儿休息,明天我让陆之杉送你回学校。别再胡思乱想了,你不是还要考医学院吗?"

第十二章 你是刻进我生命里的印记

"嗯,我一定会考上的!"那幽幽咬了咬嘴唇,强调自己的决心。

"反正你考不上的话,我是不会付其他学校的学费的。"梁晓湛声音虽然冷,眼神却很温柔。她下决心的样子真可爱,现在回想起来,当初她像个小太妹一样在街上发广告卡片的样子,也是另一种可爱。

"知道了。"那幽幽脸上有些委屈,心里却是笃定的,梁晓湛为了救她连命都不顾,他一定不会轻易放弃她的。

那幽幽虽然仍不太放心,但是第二天还是乖乖地回学校去了。

她每天早中晚三次给梁晓湛打电话,询问他的情况。那幽幽在电话里特别啰唆,却让梁晓湛觉得心里特别暖。

挂了电话的时候,陆之杉无情地嘲笑他:"梁晓湛,你别说,你刚刚的表情还真像是个发现子女越来越懂事的慈父。"

听到陆之杉的嘲笑,梁晓湛瞬间就恢复了他千年不变的冷脸:"说正事。"

陆之杉随后说起了局里要表彰梁晓湛再次抓捕了锋哥的事情,以及应该会升职之类的话。

"哦。"梁晓湛的反应很冷淡,他不用想也知道,一定是梁先生背着他去争取的。

"这么冷淡?这么说,谣言是真的?"单位这几天有个谣言,都说梁晓湛是梁家的大公子。

梁晓湛没有正面回答陆之杉,而是说了一个他至今为止没有告诉过任何人的决定:"我打算辞职。"

"什么?"陆之杉惊得一口水喷了出来,"凭自己的本事升职了,你却要辞职?"

"嗯。"梁晓湛不打算再多说,他做这个决定也很艰难。

是的,那幽幽担心的事情,医生所说的那个概率都成真了。

也许是因为受到过电击,也许是因为那一刀真的把腿部神经给彻底

伤着了,他的腿彻底恢复正常的运动功能已经没有可能了。在做康复后,正常行走没有什么问题,但是任何快速的剧烈运动,都已经成了一件困难的事情。

陆之杉瞪着梁晓湛的腿看了半天,虽然梁晓湛没有说,但他也猜测到了几分:"能恢复到什么程度?"

"最好的结果是不影响正常生活。"梁晓湛说得很冷静。

"浑蛋!"陆之杉一拳捶在墙上,没忍住骂了一句脏话。虽然他不知道梁晓湛是否热爱警察这个职业,但至少,在自己认识他的三年里,他绝对是自己见过的最称职、最拼命、最好的警察。可是……

"不要把这件事情告诉任何人。拜托了。"特别是那幽幽,他绝对不能让她知道,他因为腿伤不得已结束了他的警察生涯。

四

那幽幽比以前更用功了,她绝对不能让梁晓湛失望,所以她拼尽全力去靠近自己的梦想。

第一个月放月假的时候,她没让梁晓湛来接她,而是自己搭公交车去医院看他;第二次放月假的时候,梁晓湛告诉她,他在外地做恢复治疗,让她留在学校里,她虽然很担心他,但还是乖乖听话了。

很快,考完试就要放寒假了。

期末家长会上,梁晓湛终于出现了。那幽幽一颗一直悬着的心,在看到他迈开长腿向她走过来的时候,才一点点地落了地:谢天谢天,他好了。

那幽幽考得很不错,向前冲了三十个名次,很快就要挤进年级前五十名了。

老师在台上言辞激动地表扬那幽幽的时候,梁晓湛还能勉强忍住骄傲的笑意,等到了那幽幽作为进步生上讲台发言的时候,梁晓湛眼底的笑就毫无保留地溢了出来。

那幽幽当然也注意到了他的表情，所以在走下讲台回到他身边的时候，悄声问了一句："你是不是很高兴？我是不是很棒？"

当然，她是他见过的最棒的女孩子。

那幽幽断没想到，这一天晚餐的时候，梁晓湛会忽然向她宣布，他已经辞职并且打算出国留学的消息。

很久很久，那幽幽才难以置信地问梁晓湛："你说什么？"

此刻的梁晓湛几乎不敢去看那幽幽的眼睛，他怕自己也忍不住告诉她真相："我走之后，会继续督促你功课的；生活费和学费也会按时存到你卡里；放月假的时候，如果不想回家，就留在学校里；想请补习老师的话，也可以继续请，周末你回家，老师们会上门给你上课，不要偷懒，我会在网上看你们上课直播的。"他一件一件地交代着自己离开后的事宜，"如果你不想自己住，放假的时候可以去找林染白，我已经跟陆之杉交代过了，有什么事情你都可以找他帮忙。"

"我不要他帮忙！"

这大概是这么久以来那幽幽第一次用这么强硬的语气在梁晓湛面前说话。他要出国了，他要去找白悠然了，对吗？

"那幽幽，你听着……"梁晓湛试图解释一下，那幽幽却忽然伸出一只手阻止他继续说下去，"我知道了，你放心去吧。就算我自己在家，也会好好用功的。"

那幽幽语气平静，说得干脆利落，让梁晓湛有点儿疑惑，明明刚才还在发她的小脾气，怎么这么快又乖巧起来了？

梁晓湛很想知道那幽幽到底在想什么，可是，她别过脸去，根本没有再和他交流的意思。

五

那幽幽再也没有说过一句挽留梁晓湛的话,她甚至还很平静地帮他收拾了一些行李。在他走的那天,很平静地把送他到机场。看着他走进安检的时候,她还露出了一个好像是哭的微笑,轻声说了一句:"梁晓湛,再见。"

直到梁晓湛走后很久,那幽幽才抬起头,一双眼睛里盈满了晶亮的泪水。她终于把梁晓湛送走了,他可能,再也不会回来了。

"他已经走了,回去吧。"因为不放心而一路跟来的林染白走近那幽幽,一把将她抱住,揉了揉她的头发,"走就走呗,有什么了不起的。你还有我和染墨。"

梁晓湛走后的第一个月,那幽幽完全适应不过来,她总是竖起耳朵听学校广播,或者是看到宿管老师就心跳加速,总以为梁晓湛会像以前一样,突然就拎着好吃的来看她了。

每次跟梁晓湛通电话的时候,她都想说"梁晓湛,要放月假了,你到时候会来接我吗?"

梁晓湛在电话里,仍然像以前那样言简意赅地回答着那幽幽的问题,说得最多的就是"好好吃饭,不要省钱"和"多用功点儿"。

而那幽幽所问的也都是他在那边还习不习惯,读什么大学,英语难不难,诸此之类很没有营养的废话。

其实,她只想问一句:你见到白悠然了吗?你们在一起了吗?

后来,那幽幽打给梁晓湛的电话就少了,她怕自己听到他的声音,会忍不住求他回来。

而梁晓湛不知道是因为太忙碌,还是其他什么原因,打给那幽幽的电话也少了许多。

那幽幽想,大概人与人之间的关系,就是这样的吧,渐渐不再联系,

第十二章 你是刻进我生命里的印记

就能都忘记了吧?

可是,那幽幽又清楚地知道,梁晓湛已经成了刻进她生命里的印记,就像梁晓湛身上那些为了救她而永远留下的伤疤一样,即使死去,也不可能再忘记了……

——本季完——

意林・轻文库
【美少年系列】

青春作家 **惊歌**
携"龙子"第三部，
再度回归！

拜托了，龙子！
3 大家长之战

一次次催泪的**离别**，
一场场艰辛的**交锋**，
一段段破碎的**过往**，

编织成龙子家族的秘密之网
也编织成一段让你落泪的爱恋

当红偶像隐姓埋名重返高中，竟三番五次算计林陌桑，原因未明。

险中逃生的林陌桑再遇裴西林，他竟然对别人温柔体贴。裴西林表白真心，却被指为杀害大家长的凶手！

林陌桑再遇难题，救下裴西林的唯一方法竟然是竞选家族大家长？

十二少女的织梦故事 花绽年华的珍贵读物

每一个淑女的心上都开出一朵花

她 是海棠，是当朝公主的陪读女官，代替逃婚公主远嫁荒芜之地；
是木棉，外表火热，内心淡然，是有着医者仁心的"王妃"；
是鸢尾，是初涉江湖的纸戏师，一双巧手，折纸化物，栩栩如生；
是芙蓉，是古灵精怪的炼药师，手握神奇药丸，缔造出精妙的剧情……

她是夕雾，她是寒樱，她是夜昙，她是蓝花楹……
向上攀越，向阳花开，**向心而聚的十二少女，陆续上市！**

> 她们是十二位美丽而性格各异的少女，更让人意想不到的是，她们每人都有一种特殊的技能，更有着待人生的种种态度和性格。十二位少女，每人对应一种花朵，花开花落，人生如戏，不变的是励志和勇敢，还有温暖与爱。

意林·轻文库
盛大策划浪漫花语大系列古风套系

为淑女们特别打造，从这里，看向广阔人生！

花羽季 系列002

你离开后，我才学会告别

火热首发！
惊喜价：29.80

/ 阿晏 / 你说 / 这世上会不会有一个地方
那里，山川大地，海晏河清。那时，我们就能在一起。

青春有你，花开羽季
「花羽季」品牌强势主打第一波！

麦九再掀轻虐暖爱风，
与你经历一场荒芜盛大的青春。

一个是漂洋过海、江河可渡的学霸"何神"
一个是莫失莫忘、此生不渝的少年"阿晏"